MAURICE BARRÈS

DE L'ACADÉMIE FRANÇAISE

L'ENNEMI DES LOIS

ÉDITION DÉFINITIVE

PARIS

LIBRAIRIE PLON

LES PETITS-FILS DE PLON ET NOURRIT

IMPRIMEURS-ÉDITEURS, 8, RUE GARANCIÈRE, 6ᵉ

M.CM.XXVII

ŒUVRES COMPLÈTES DE MAURICE BARRÈS

Édition à tirage limité, dans le format in-8° écu, comprenant des exemplaires sur chine, sur hollande, et 1100 exemplaires sur papier pur fil des papeteries Lafuma.

*Souvenirs d'un officier de la Grande Armée, publiés par Maurice BARRÈS, son petit-fils.. 1 vol.

LE CULTE DU MOI

*Sous l'œil des Barbares. 1 vol.
*Un Homme libre ...... —
*Le Jardin de Bérénice. —

LES BASTIONS DE L'EST

*Au service de l'Allemagne................. 1 vol.
*Colette Baudoche...... —
*Le Génie du Rhin...... —

LE ROMAN DE L'ÉNERGIE NATIONALE

*L'Appel au soldat...... 2 vol. | Leurs Figures.
*Les Déracinés.. 2 vol.

CHRONIQUE DE LA GRANDE GUERRE

*I. (1er février-4 octobre 1914).

*II. (14 oct.-31 déc. 1914).
*III. (1er janvier-11 mars 1915).
*IV. (12 mars-31 mai 1915).
*V. (1er juin-24 août 1915).
*VI. (25 août-11 déc. 1915).
*VII. (12 déc. 1915-9 avril 1916).

*VIII. (11 avril-24 août 1916).
*IX. (3 sept. 1916-28 juin 1917).
*X. (1er juill.-1er déc. 1917).
*XI. (2 déc. 1917-23 avril 1918).
*XII. (24 avril-7 août 1918).
*XIII. (8 août 1918-29 mai 1919).

*XIV et dernier. (1er juin 1919-4 juillet 1920).

*Huit jours chez M. Renan.................. 1 vol.
*L'Ennemi des lois.... —
*Du Sang, de la Volupté et de la Mort........ —
*Amori et Dolori sacrum. —
*Les Amitiés françaises. —
*Scènes et doctrines du nationalisme........ 2 vol.
*Greco ou le Secret de Tolède.............. 1 vol.
*Le Voyage de Sparte.. —
*La Colline inspirée.... —

*La Grande Pitié des Églises de France.... 1 vol.
Les Familles spirituelles de la France. —
*Un Jardin sur l'Oronte. —
*Une Enquête aux pays du Levant .... 2 vol.
*Faut-il autoriser les Congrégations?...... 1 vol.
*Pour la haute intelligence française..... —
*Le Mystère en pleine lumière............. —

*La Guerre à vingt ans, par Philippe BARRÈS.................. 1 vol.

Les volumes précédés d'un astérisque sont en vente (mai 1927).

PARIS. — TYPOGRAPHIE PLON, 8, RUE GARANCIÈRE. — 34844.

Il a été tiré de cet ouvrage :

*20 exemplaires sur papier de Chine, numérotés
de 1 à 20 ;*

*30 exemplaires sur papier de Hollande Van Gelder,
numérotés de 21 à 50 ;*

*1 150 exemplaires sur papier pur fil des papeteries
Lafuma, à Voiron, dont 1 100 numérotés
de 51 à 1 150, et 50 sans numéro, non mis
dans le commerce.*

L'ENNEMI DES LOIS

MAURICE BARRÈS

DE L'ACADÉMIE FRANÇAISE

L'ENNEMI DES LOIS

ÉDITION DÉFINITIVE

PARIS
LIBRAIRIE PLON
LES PETITS-FILS DE PLON ET NOURRIT
IMPRIMEURS-ÉDITEURS — 8, RUE GARANCIÈRE, 6ᵉ

AVERTISSEMENT

Tous, nous avons perdu l'habitude de lire, sans renoncer à afficher une opinion sur chaque livre dès son apparition. Nous en parlons par à peu près, mais d'un ton fort précis. Qui de nous n'a pas subi ou prononcé de ces jugements hâtifs? Sans doute, quelques années passées, l'ouvrage qui doit un peu durer se forme un public plus consciencieux. Mais n'éviterai-je pas ces premiers malentendus, si je souligne tout de suite que voici un livret sentimental et non point un manuel?

Nulle de ces pages qui prétende fournir des notions sur les réformateurs de ce siècle : je ne fus curieux que de noter les points où leurs théories s'accordent avec la sensibilité des gens de cette heure. Un jeune homme qui se plaît à voir clair et à raisonner, une jeune fille élevée selon les méthodes récentes, une jeune femme que n'embarrasse aucun des vieux scrupules sociaux et chez qui le goût tient lieu de moralité, ne voilà-t-il pas des contemporains et sur qui c'est intéressant d'essayer la prise de nos réformateurs, de Saint-Simon à Kropotkine?

On le remarquera, la piété tendre de Claire et l'exaltation de Marina émeuvent André à un tel point qu'il n'est pas aisé de distinguer s'il cède, en biffant les lois, à une utopie de cabinet ou à un attrait moins cérébral. Cette équivoque se retrouve dans la crise de tous les réformateurs. Et la société entière se transformera bien plus par malaise et sous la poussée des circonstances que par logique et à la suite de ses apôtres.

Il n'y a pas à composer un système de plus, et notamment la religion catholique n'est-elle pas assez belle pour suffire aux besoins les plus profonds des personnes qui réclament une foi et un Dieu? Comme direction de conscience, qu'espèrent-elles inventer qui vaille le confessionnal? Ce n'est pas de systèmes que nous manquons, mais d'énergie : l'énergie de conformer nos mœurs à nos façons de sentir.

Si ce petit livre, d'une sécheresse et d'une difficulté dont je souffre plus qu'aucun lecteur, est, comme je le crois, un témoignage en même temps qu'un

*effet de la sensibilité actuelle, on accor-
dera qu'elle est peu abondante, mais qu'elle
eût été fort incompréhensible pour nos
pères et grands-pères. Eh bien! notre
malaise vient exactement de ce que, si
différents, nous vivons dans un ordre
social imposé par ces morts, nullement
choisi par nous-mêmes. Les morts! ils
nous empoisonnent. Ah! quand nous les
descendons au caveau, que ne pouvons-
nous placer dans leurs bras glacés les
dangereux trésors que leurs mains
viennent de laisser choir! Donner des
préjugés aux enfants, c'est, n'est-ce pas,
toute l'éducation? Les préjugés qu'on
impose à nos enfants dans nos écoles
et ailleurs contredisent leurs façons de
sentir. De là leur malaise et mes conclusions.*

Arrivés à ces dernières pages, quelques-

uns, et même des hommes libres, s'effraie-
ront que je proscrive d'un ton si décidé
les maîtres et les lois. Si leurs habitudes
d'esprit ne leur rendaient suspecte une
telle formule, ils m'objecteraient volontiers
ce que l'Eglise dit aux mystiques, qu'elle
n'ose pas trop condamner, parce qu'ils
sont dans le sens chrétien, mais auxquels
sa prudence oppose des réserves : « Eh!
quoi, vous prêchez la liberté des enfants
de Dieu à des personnes qui ne sont pas
encore ses enfants! » C'est-à-dire qu'on
me dira : « Vous réclamez la suppression
de toutes les lois à l'heure où il faudrait
au contraire multiplier les règlements
pour protéger les faibles. »

Je pourrais répondre que je fais une
bonne besogne de publiciste en posant
une utopie et que, pour exciter les gens
à gagner au moins le purgatoire, il faut

VI L'ENNEMI DES LOIS

leur proposer le paradis. Mais sur tout je répète que mon rôle, dans cette suite de petits livres, n'est pas de prouver ou de convaincre, mais de décrire la sensibilité des personnes de ce temps qui ont la vie intérieure la plus intense et la plus ornée. Voilà ma tâche et mon plaisir! (Ce sont deux mots que je confondrai toujours.)

Octobre 1892.

L'ENNEMI DES LOIS

CHAPITRE PREMIER

TROIS INSOUMIS

Une bombe ayant été lancée sur le cercle des officiers, où elle produisit d'ailleurs peu de dégâts, on poursuivit, à défaut des coupables, un journal qui, dans ce même temps, prétendait que les jeunes gens issus de Saint-Cyr n'ont aucune qualité pour commander.

« Nous ne saisissons pas de rapport, disait cet article, entre des examens de géographie ou de mathématiques et le pouvoir d'un chef. L'autorité se vérifie

ou s'acquiert dans des conditions qui
ne ressortissent pas du programme de
nos écoles spéciales militaires. Comment
des examinateurs décideraient-ils si un
jeune homme a le don de commander?
Pierre, fort imposant pour Jules, se
trouble et s'incline devant Paul. L'autorité, c'est moins la qualité d'un homme
qu'une relation entre deux êtres. Ne
peuvent la reconnaître utilement que
ceux qui la subiront. »

L'ensemble de l'article, où la critique
des militaires n'apparaissait ainsi qu'à
titre d'exemple, affirmait l'à-propos
d'une émancipation de l'individu, et
prévoyait une sévère revision des divers
articles du Contrat social.

Ce procès, de qualité assez banale,
occupa l'opinion, quand on connut que
le prévenu était un agrégé de l'Univer-

sité, maître de conférences à l'École des
Hautes Études.

A l'audience, le professeur intéressa
le public par l'extrême simplicité de son
attitude et de ses explications. Il est
difficile de prêter moins de romantisme
à une affaire, et le tribunal, n'ayant à sa
disposition que le vocabulaire toujours
un peu pompeux dont il défend l'ordre
social actuel, se sentit gauche devant
ces réponses philosophiques et nuancées.

Cette aisance, que le prévenu poussait
jusqu'à la négligence, parut un peu
composée, mais pourquoi se serait-il
ému? La plus fâcheuse conséquence de
cette poursuite, sa révocation, il la
connaissait depuis le premier jour, et
de ces magistrats, auxquels il allait
répondre de théories irréprochables en
logique et toutes désintéressées, il ne

craignait rien que d'anodin. D'ailleurs,
ce jeune homme semblait de ceux qui,
s'ils sont assurés de ne pas subir des
souffrances physiques, ni les énerve-
ments de l'inconnu, ont assez de philosophie pour situer chaque événement à
son rang dans l'ordre universel, c'est-
à-dire pour mépriser à peu près tout.

— Vous vous appelez André Maltère,
lui dit le Président... Vous avez vingt-
huit ans... En même temps que vous
jouissiez d'une situation qui vous
valait l'estime générale, vous écriviez
dans un journal qui est des pires ennemis de la société, et vous gardiez
l'anonyme avec un tel secret que vos
collaborateurs, auxquels vos articles
parvenaient par la poste, ont déclaré
ne vous avoir pas soupçonné.

— Cela est vrai.

— Ainsi vous étiez honteux de votre conduite, et vouliez échapper à ses conséquences.

— Nullement, mais s'il m'était agréable d'écrire ces articles, mon plaisir m'eût été gâté par les réflexions que m'en auraient faites des personnes qui ne partagent pas mes idées. D'ailleurs, je fuyais si peu les responsabilités que c'est moi-même qui, les poursuites annoncées, ai revendiqué mes opinions.

— Mais il demeure exact que vous n'êtes pas malheureux, et votre cas est inexcusable.

— Si j'étais sans ressource, ne penseriez-vous pas que je ne trouve la société si mauvaise que parce que j'ai des créanciers? La vérité est que ma situation devait d'autant mieux me décider aux études où je me plais. Ce

n'est point de ceux qui souffrent de
l'ordre actuel qu'on peut en attendre
un exposé conçu et motivé d'une manière
impartiale. Et, d'autre part, ne pensez-
vous pas que la satisfaction qui carac-
térise, à l'égard de notre justice, les
gens de loi, et, vis-à-vis du système
industriel, les ingénieurs des ponts et
chaussées, doit les rendre encore moins
propres à cette appréciation philosophique? Une telle tâche ne saurait
vraiment convenir qu'à des intelligences
aussi pleinement affranchies des pré-
ventions de la misère que des préjugés
de l'École de droit ou de l'École poly-
technique, et pour lesquelles les divers
états sociaux possibles sont des étapes
également justifiables du développement de l'opinion en Occident.

— Comment parlez-vous d'impartialité quand la haine remplit vos écrits?

— De la haine? Ah! puis-je haïr aucun des hommes de cette société, quand, plus ou moins volontairement, nous sommes tous leur collaborateur, leur complice! Dieu seul, messieurs, a le droit d'être misanthrope; encore ce sentiment n'est-il acceptable que si l'on admet que depuis un long temps il ne se mêle plus des affaires humaines.

— Mais vous poussez à la révolution.

— Pousser à la révolution! C'est elle qui nous emporte comme des pailles! Je me bornai à exposer la façon dont je conçois la vérité de cette heure, et ma définition, loin que je puisse l'imposer à aucun, ne saurait être appréciée que de qui partage mon sentiment. Tous autres s'en choqueraient, comme vous

faites, monsieur. Il n'appartient à aucun
de modifier la façon de sentir de son
voisin. Homme favorisé, si je possède
le don de préciser en formules conta-
gieuses ce qui n'est chez d'autres qu'un
bouillonnement confus !

— ... Quel est donc votre mobile?

— Simplement le plaisir d'avoir des
idées nettes.

— Quoi qu'il en soit, par vos écrits
vous assumez une forte part de respon-
sabilité dans des violences telles que la
bombe du Cercle militaire.

— Ce n'est point mon avis. La force
révolutionnaire qui est toujours dans le
monde se témoigne ici par les écrits de
Luther et la révolte des paysans, ailleurs
par les écrits de Rousseau et le soulève-
ment dit Grande Révolution ; mais ces
forces, pour agir dans un même temps

et dans une même direction, ne s'en-
gendraient pourtant pas ; ce sont des
éruptions d'une même ardeur qui est
l'avenir en puissance.

— Enfin, réprouvez-vous les violences?

— Je les juge inutiles et blâmables.
Blâmables, car il n'y a pas lieu de
molester des hommes, coupables seulement de tenir pour vérités des principes
qui ne sont plus tels depuis vingt-quatre
heures. Inutiles, puisque ceux-là mêmes
qui les conseillent ne croient pas, en
dynamitant un « bourgeois », détruire
l'État social qui le crée. Leurs bombes
ne valent que comme fusées de signal
pour appeler sur leurs idées l'attention
de mille personnes entre lesquelles cinq
ou six seront converties. Or, de bonnes
conférences, des brochures lucides, ce

débat même me semblent une propa-
gande plus efficace.

Je passe sur diverses insolences des
magistrats au prévenu. Suggérées par
leurs préjugés, leur impunité et leur
ambition professionnelle, elles étaient
entachées d'une indigne familiarité.

Quant au réquisitoire du ministère
public, si je m'abstiens de le reproduire,
ce n'est pas qu'il n'ait tracé de la société
l'image même que s'en font beaucoup
de personnes, et que par là il ne mérite
mention, mais sa logique, plus verbeuse
que compréhensive, déparerait vraiment
trop un livre bien argumenté.

Voici la défense d'André Maltère
qu'il présenta lui-même :

« Mes observations seront courtes.

Elles vaudront pour préciser mon attitude, qui n'est pas plus d'un mystique
attendri sur l'humanité que d'un sec-
taire irrité contre ses contemporains.

« Je revise les principes de l'éthique,
avec autant de liberté que tel autre ceux
de l'économie politique ; c'est le droit
de chacun de collaborer ainsi à la réfection des mœurs. Et d'ailleurs, vu la
longueur des vacances universitaires et
le petit nombre des heures de cours, je
mésuserais de mon traitement, si je n'uti-
lisais mes loisirs pour penser moi-même.

« Pourtant vous êtes choqués à me
lire : c'est par un certain souffle de
révolte que vous distinguez dans mes
écrits, et je suis un peu étonné qu'il
vous impressionne à ce point, étant
aujourd'hui très fréquent. Il n'y vint pas
du dehors ; il était mêlé à mes premières

respirations d'enfant. Ayant un goût
très vif pour les idées claires, je me suis
appliqué à établir une description
exacte de mes rapports avec les choses,
c'est-à-dire des protestations qui tout
spontanément, à leur contact, naissaient
en moi. Pensais-je à détruire ce que je
voyais? Nullement. Je constatais que
c'était détruit en mon être.

« Donc vous faites ici moins le procès
d'une pensée que d'un instinct, de celui-
là même qui est épars à travers le
monde, dont il fait la perpétuelle et
nécessaire révolution. Je m'accuse de
désirer le libre essor de toutes mes facul-
tés, et de donner son sens complet au
mot exister. Homme, et homme libre,
puissé-je accomplir ma destinée, res-
pecter et favoriser mon impulsion intérieure, sans prendre conseil de rien du

dehors ! Nulle dépendance, une vie
aisée, l'entière harmonie avec les éléments, avec les autres hommes et avec
notre propre rêve, voilà quel besoin
m'agite, et le satisfaire, c'est toute ma
conviction.

« Une conviction ! chez des personnes
cela se traduit par une théorie élo-
quente et lucide, chez d'autres par un
coup de poing. Je suis de la première
catégorie. « Vous obéissez au plus honteux égoïsm », me disait dans son
discours l'honorable ministère public.
Forte parole, où je ne supprimerai que
l'épithète de *honteux*.

« Et, en effet, si vous désignez par
égoïsme le désir de contenter ses besoins,
en ce sens je suis et chaque parcelle de
la nature est égoïste. L'homme rempli de
sève, intact et tendu de désir, est plus

égoïste qu'émoussé et déclinant. Tous,
du plus touchant des lichens qui s'efforce
de percer les neiges du Nord jusqu'à Robinson Crusoé, méritent ce qualificatif.

« Égoïste, toutefois je ne le suis pas
d'une telle façon que je refuse aux
autres le bénéfice de ma clairvoyance ;
c'est même de cette libéralité que je
réponds devant vous. M. le Procureur
m'a reproché d'utiliser contre la société
mon intelligence et l'instruction que j'en
ai reçue. Certes, je tiens les éléments de
mes idées et la capacité de les associer de
l'effort de tous les hommes. Je souli-
gnerai même que celles qui vous choquent
particulièrement, et pour lesquelles
peut-être vous me condamnerez, me
sont communes, non seulement avec
mes collaborateurs du journal, mais
encore avec les plus beaux génies de

l'humanité. Mais quoi! de même que ceux-ci, loin de jouir secrètement de leurs sentiments, avaient pris plaisir à publier de quelle façon les affectait leur milieu, je me plus, moi aussi, à noter pour les intéressés ce que je ressentais de notre société.

« Que mettrez-vous à la place, m'allez-vous dire? Je l'ignore, quoique j'en sois fort curieux. Entraîné à détruire tout ce qui est, je ne vois rien de précis à substituer là. C'est la situation d'un homme qui souffre de brodequins trop étroits : il n'a souci que de les ôter... De toute sincérité, je me crois d'une race qui ne vaut que pour comprendre et désorganiser. »

André Maltère fut condamné à trois mois de prison.

Cet arrêt ne contraria point le jeune homme. Un acquittement l'eût contraint à trouver une place sur-le-champ, puisqu'il était destitué et n'avait pas de fortune. Prenant cette prison pour un répit, il se réjouit de n'avoir pas à donner sa mesure, quand tout le monde avait les yeux sur lui.

L'opinion, en effet, le discuta quelques semaines. Dans les milieux politiciens, on refusait de le prendre au sérieux ; même ses déclarations furent relevées avec humeur, parce que, ne s'étant recommandé d'aucun parti, il ne prêtait pas à la polémique et ne servait aucune doctrine. Son attitude, purement intellectuelle et toute de compréhension gœthienne, devait répugner à des hommes de lutte. Ils restèrent sur la réserve, se contentant de « flétrir une magistrature servile ».

Au peuple, André Maltère aisément eût été sympathique, mais les lecteurs, désorientés de ne pas recevoir le mot d'ordre de leurs journaux, cessèrent tôt de s'en occuper.

Cet isolement le recommanda aux hommes de pensée et aux indépendants. Ils se plurent d'autant mieux à l'exalter qu'il fallait le commenter et lui ajouter, exercice toujours séduisant pour de beaux esprits.

Au résumé, tandis que les professionnels de la politique tenaient son cas pour une fantaisie, les jeunes gens et les esprits non classés y distinguèrent une façon plus élevée que l'ordinaire d'en-

2

tendre la question sociale. Ces curieux
un peu blasés goûtèrent là un romanesque glacé, qui, sans les échauffer,
leur plut.

Mais c'est dans les salons, où la femme
désœuvrée, mal défendue par ses robes
légères contre les impressions du dehors,
est d'épiderme prête à frissonner du
moindre souffle passionné qui passera
sur la ville, que Maltère rencontra
d'ardentes sympathies.

Les unes, femmes de banquiers, de
grands brasseurs d'affaires, avouent que
leur luxe les associe à des exploitations
cruelles, dont elles rougissent, un peu
par snobisme, un peu par humanité.
Leur dégoût des appétits grossiers et du
bon sens vilain de leurs maris les reje-
tait vers ce jeune cérébral qui, sans
leur demander aucun sacrifice, justifiait

et fortifiait de sa logique leurs répu-
gnances. Elles goûtèrent que sa doctrine
ne leur reprochât pas leur bien-être et
se contentât d'en affirmer le peu de
stabilité. Mais les plus ardentes, c'étaient
des énervées, quelques-unes bien jolies,
trop fameuses, saturées de la médiocrité
de leurs plaisirs et toujours curieuses
d'une force insubie.

André Maltère n'avait jamais été
répandu, et, dans ce temps qui précéda
son emprisonnement, il refusa toute
invitation. Ce semble donc qu'il eût dû
ignorer toujours quelles imaginations
il avait intéressées. Mais les circonstances moins que les dispositions de
notre âme déterminent notre vie. Tout
homme passionné fut servi par des
femmes de cœur et par des femmes de
nerfs. Deux beautés de cette qualité

allaient prendre dans la vie du jeune homme une grande importance.

Ce fut d'abord une lettre qu'il reçut, signée d'un nom illustre dans l'histoire des sciences naturelles.

« Monsieur, je ne me permettrais pas de vous écrire, si je ne pensais aux longs loisirs de votre prison et que, séparé tout d'un coup des conversations vaines, vous accepterez peut-être de les remplacer par une consultation qui vous eût rebuté au milieu de vos occupations habituelles.

« Je suis une fille de vingt-trois ans, libre de mes actes, sans parents proches, et favorisée d'une fortune dont je ne sais pas me servir, car je n'ai aucun goût pour les distractions ni le luxe, et qui bien plus me gêne, parce que je ne sais pas l'employer à faire le bien.

« Vous me jugerez, monsieur, une pauvre nature, ce qui est exact ; mais il faut ajouter que, dans mon entourage, personne ne s'occupe de donner une valeur morale à la vie. Si mon père vivait, je crois qu'il entendrait mes idées, car il ne tenait pas à l'argent et se décidait d'après des raisonnements, mais les excellents amis qui m'entourent ont peur des singularités, et le professeur Adrien Sixte, mon tuteur, depuis l'affreuse aventure de Robert Greslou, se refuse à conseiller aucun, même la fille du plus cher de ses collaborateurs.

« J'ai lu avec un intérêt bien violent ce que vous avez dit au tribunal, et, quoique impressionnée de quelques sécheresses, je sens vivement la distance qu'il y a entre un acte comme est votre profession publique et cette inutile agi-

tation d'âme par laquelle jusqu'aujour-
d'hui je pensais me distinguer de ceux
que je blâmais. Je me suis distraite à
passer les examens de la licence de
philosophie et de droit, et ces études
m'ajoutèrent peut-être quelques inquiétudes d'homme sans contenter ma mélancolie de fille. Aussi, pour surmonter
mon inertie et conformer enfin ma vie
à mes sentiments, voici la question que
je veux vous poser : Est-il vrai que vous
ne sachiez point ce qu'on pourrait substituer à la société actuelle, ou plutôt
n'aviez-vous pas vos raisons pour vous
en taire devant le tribunal? »

Il y avait dans cette lettre un mélange
de douceur et d'austérité, de sérieux
dans la naïveté et rien pour briller qui
intéressa André Maltère assez pour qu'il
y répondît. La signature seule l'eût

prévenu. Le père de cette jeune fille,
un des créateurs de la psycho-physio-
logie, avait toujours su élever à la
qualité d'idées générales les observations
qu'il assemblait, et Maltère, que révol-
tait tout respect imposé, déférait, au
contraire, très profondément à ceux
qu'il appelait sa famille intellectuelle,
parmi lesquels feu M. Pichon-Picard.

Il répondit en substance à Mlle Claire
Pichon-Picard qu'elle avait tort de se
reprocher son inertie. « Pour aider à la
réfection de l'ordre social — lui disait-il,
dans une formule serrée à plaisir —
vous ne sauriez mieux faire que désirer
le mieux. Prendre un sentiment net des
côtés par où nous blesse la société
actuelle, la renier en soi! Ah! que
chacun fasse cette tâche, et ce sera le
monde transformé! »

Il ajoutait ignorer ce qui se substitue-
rait à l'état des choses. Toute prévision
de ce genre est illusoire. Seule, l'étude
des théoriciens, accrédités auprès de
cette minorité qui est le levain de la
prochaine transformation, permet de
pressentir ce que sera celle-ci.

Dans le même temps, André Maltère
reçut d'un fâcheux, avec qui il entre-
tenait de bonnes relations, une invitation
conçue en termes trop pressants pour
qu'il la déclinât.

Du moins obtint-il que ce déjeuner
fût un tête-à-tête. Il se méfiait, en effet,
de ces maisons où l'on vous assoit au
milieu de cinq importants, dévorés de
curiosité et uniquement appliqués à
signifier par leur attitude désagréable
qu'ils sont incapables de flagornerie.

La cuisine fut bonne, mais à peine se
levaient-ils de table que le domestique
annonça : Madame la princesse...

Toutefois, le premier mot de la jeune
femme ayant été de les engager à garder
leurs cigares, Maltère demeura.

Coupant court à la surprise que
feignait maladroitement le snob, elle
s'installa comme pour un spectacle. Elle
avait une étrange petite figure d'obstination et d'orgueil, une parole nette et
d'une précision étonnante, un corps
charmant, mis en valeur avec une rare
science de la provocation sensuelle, mais
de geste, de couleur et de ton, une
extrême sobriété. Sa qualité dominante,
c'était du ressort, et l'idée venait tout
de suite d'un de ces poneys dont l'éty-
mologie signifie jeune drôle, mais qui
tiennent cependant un si joli quant-à-

soi et font voir, avec beaucoup de piaffe, la plv v seyante gravité sous leur belle crinière peignée.

André Maltère, bien que choqué de cette attitude de voyeuse que rien n'étonne, tourna peu à peu son humeur contre son hôte qui s'efforçait, par des questions sans tact, de le faire valoir et de le présenter comme le jouet du jour à sa visiteuse, importunée sans doute de telles éruditions.

— Oui, dit-elle, oui, je vous ai entendu au tribunal ; seulement, je dois vous dire, je n'ai rien compris à vos explications : je suis lente pour toutes ces choses françaises... Mais vous aviez l'air bien content de parler.

Et peu après :

— En Russie, nous avons aussi des mauvaises têtes. Seulement on a cons-

taté qu'à parler, prêcher, ils s'excitent
trop et que, pour ce plaisir-là, ça leur
était égal d'être pendus. Maintenant on
ne les laisse plus discourir.

Puis, sur l'article, principe du procès :

— Les officiers, les soldats ! n'en
dites rien ! Obéir à tout, se faire tuer
sans discuter, même si c'est absurde,
c'est la plus belle chose. Voilà comment
les hommes valent mieux que les femmes.
Sans cela, qu'est-ce qu'un homme? notre
valet de cœur !

— Permettez, disait le snob, pour
secourir Maltère, mon ami prêche seulement contre les sacrifices inutiles ; il y a
des héroïsmes superflus.

— Héroïsme superflu n'a pas de
sens, interrompit celui-ci, puisque ces
choses-là ne se mesurent pas à leur
utilité, et, en outre, madame a raison :

oui, des hommes qui meurent pour la patrie ou le devoir, c'est une belle chose, s'ils ont pesé leur décision, et céderaient-ils à la seule nécessité que l'accident, pour n'être pas héroïque, prend du prix dès lors qu'il retentit en nous... Mais pourquoi vous occuper, madame, de ce que j'ai dit au tribunal? Les opinions des autres ne nous sont jamais qu'un vain bavardage.

La jeune femme ne tarda pas à se lever.

— Nous aussi, dit-elle, en tendant sa main à André Maltère, nous avons chez nous nos révoltés, mais qui ne font pas de phrases... A Pétersbourg, un petit employé s'est jeté dans les cabinets (en Russie, dans les pauvres maisons, ils sont au-dessus de l'étable des porcs), et il a laissé un mot à ses camarades et à ses chefs, disant : « J'aime mieux mourir avec les cochons que vivre avec. »

Quand elle fut partie sur cette belle réflexion, le snob, après quelque excuse d'avoir rusé pour satisfaire la curiosité de cette jolie personne, dit à Maltère :

— Vous avez tort de déclarer que vous n'attachez pas d'importance à vos opinions. Moi, je m'en doutais bien, mais ça pourrait choquer.

L'autre s'impatienta tout à coup.

— Je dis les choses, tout net, comme je les sens, et en outre je suis d'accord avec tous ceux qui sentent quelque chose. L'important n'est point les formules par lesquelles on exprime son émotion, mais d'être un peu échauffé par la vie. Si cette femme s'intéresse où je ne vois rien, quelle prétention et

quelle convenance serait-ce de substituer mon sentiment au sien?

André Maltère sorti, le snob, comme
c'est leur coutume, se compara à son
hôte.

— Tout de même, pensait-il, avec
tout son esprit et son habileté, il dérai-
sonne à la façon d'un enfant. Je lui
crois parfois des fièvres paludéennes.

Huit jours après, André, sur la prière
du snob, passa chez la petite princesse,
avenue Montaigne. Elle le reçut de cet
air d'une femme qui possède le secret
merveilleux : le sérieux qui couvre et
permet toutes les fantaisies.

Dans cette pièce tendue de teintes
effacées et agréables, il y avait pour le
goût de ce grave jeune homme trop de
meubles bas et étoffés, trop d'écrans

mousseux et d'abat-jour compliqués selon la mode de 91 ; mais çà et là étaient épars d'admirables menus objets de femme : glaces à main, flacons de poche, diverses boîtes travaillées et des cristaux gemmés. Et André aima que ce ne fussent point d'inutiles bibelots de parade, mais des objets usuels relevés de magnificence. En même temps qu'il s'amusait à distinguer dans le fond même de l'installation l'empressement d'une étrangère pour toutes les élégances parisiennes, velours brodés, peluches et soies de Liberty, il reconnaissait des orfèvreries du Nord, lourdes et puissantes, reliques de famille et, là-bas, peut-être vanités de hobereaux, mais que cette petite main de femme avait ennoblies de mélancolie, en les transportant des vitrines composées par

tant d'aïeux dans ce frivole coin de la
ville de plaisir.

Ils causèrent. Le snob, de qui elle
parlait sans considération, s'était mépris
s'il avait espéré faire sa cour à la jeune
femme en lui présentant une curiosité
parisienne. A peine débarquée de Russie,
elle ne s'intéressait que de connaître les
adresses des fournisseurs élégants.

Aussi, ne sachant rien l'un de l'autre
et de préoccupations si différentes, leur
conversation se traîna jusqu'à ce qu'ils
vinssent à parler des animaux.

André trouvait les chevaux sans intérêt.

— C'est peut-être que vous les jugez
d'après les chevaux de manège.

Cette demi-impertinence portait toutefois assez juste pour qu'André ne songeât
pas à s'en froisser.

— Vous avez rai..un, répondit-il, avec
la naïveté d'un logicièu.

— Comment pouvez-vous prétendre,
continua-t-elle, que les chevaux ne sont
pas intelligents ! Ils sont jaloux de leurs
maîtres comme les chiens. Ainsi mon
caniche, c'est une bête très délicate pour
la nourriture, très dégoûtée... Eh bien !
à l'écurie, où je vais tous les matins —
oh ! cette petite odeur d'écurie chaude
et agréable (et elle aspirait avec une
jolie expression sensuelle) — il ramasse
toutes les miettes du pain noir rassis
que j'apporte à mon cheval avec des
carottes, des pommes et du sucre.
Partout ailleurs il n'en voudrait pas,
mais là c'est jalousie. Et le cheval, de
son côté, s'en irrite au point que, l'autre
jour, comme le caniche mangeait ainsi
sous lui, il s'est baissé et l'a attrapé par

le cou... C'était terrible, le chien a eu
une plaie très grande... Notez que mon
cheval ne mord jamais. Moi, il me prend
souvent par l'épaulette de ma robe,
avec ses lèvres, mais jamais des dents.
Il est vrai que ça n'arrange guère la
robe, et ce n'est pas très propre, sa
bave, mais enfin c'est une caresse.

Et encore, à propos du chien d'André,
dont il disait en badinant que c'était la
part sentimentale de sa vie :

— Moi, dit-elle, de tous les animaux,
je n'aime que les chiens, les chevaux et
les taupes... les petites taupes, elles sont
si gentilles, tout en velours doré, sans
yeux, avec leurs petites pattes... Quand
j'étais en Ukraine, mon chien m'en
attrapait souvent dans les hautes herbes
qui couvrent à l'infini le pays, et me les
apportait dans sa gueule.

Elle avait un don de sentir les choses
dont elle lui donna un témoignage
frappant en deux phrases sur son pays
natal, les environs de Kiew.

— Quand j'avais douze ans, disait-
elle, j'aimais, sitôt seule dans la campagne, à ôter mes chaussures et à en-
foncer mes pieds nus dans la boue
chaude. J'y passais des heures, et cela
me donnait dans tout le corps un frisson
de plaisir.

Puis elle lui décrivit les femmes de là-
bas, habillées de chemises serrées à la
taille et fermées sur leurs seins sans
corset, couronnées de dahlias et de
tulipes, avec beaucoup de rubans, et
portant au cou des perles en verres
colorés et des vieilles médailles. Les
plus belles filles, on peut les avoir pour
un bout de ruban. Voilà qui vous plairait,

n'est-ce pas, pauvres diables de Pari-
siens? Chez nous, conclut-elle, avec cette
expression de frivolité qui n'est pas,
dans une femme, moins puissante
qu'une allure passionnée, on dit toujours
que vous êtes les plus faciles à rendre
amoureux et les plus vite découragés.

André Maltère devait s'avouer qu'on
imaginerait difficilement une image plus
esthétique que cette petite femme tra-
vaillant à ses merveilleuses tapisseries,
entourée de gemmes précieuses et faisant valoir avec une rare science ses
mains, sa nuque, sa cheville, toute la
ligne de son corps, et pourtant il ne la
goûtait pas, parce qu'autour d'elle se
groupaient cinq ou six idées de luxe
et de volupté qui contrariaient trop
vivement les graves images dont il était
possédé.

Deux jours après, à l'improviste, elle passa chez lui pour lui dire :

— Quand vous serez dans votre prison, qui se chargera de votre chien?

Elle lui offrit de le prendre, assurant que son caniche ne serait pas jaloux. Il accepta avec grand plaisir : il admirait combien elle, si brusque, était douce et habile avec les bêtes. Quoique délicieusement habillée de soie claire, elle était fort à l'aise pour jouer avec le Velu, qui s'empressait à froisser de ses griffes l'étoffe glacée.

— Velu! beau Velu! répétait-elle, fort divertie de ce nom.

Il voulut lui expliquer comment il l'appelait ainsi, en souvenir d'une note de ce comique involontaire et si touchant, particulier au grand écrivain Michelet, qui s'écrie : « Dans la pensée

chrétienne, l'animal est suspect, la bête
semble un masque. Les velus! nom
sinistre que le juif donne aux animaux!»

— Oui, disait-elle, c'est un peu une
plaisanterie de marchand de participes,
mais enfin c'est pittoresque.

Quand cette contrariante personne,
mais une amie, en somme, fut sortie,
André se remit à dresser une liste de
lectures, un plan d'étude que dans une
nouvelle lettre lui avait demandé
Mlle Claire Pichon-Picard, mieux préparée, elle, à goûter les « marchands de
participes ».

Ce fut cette semaine qu'on le pria de
purger sa condamnation.

CHAPITRE II

A SAINTE-PÉLAGIE OU SENSIBILITÉ
DES RÉFORMATEURS FRANÇAIS

André Maltère, installé à Sainte-Pélagie, se dit : « Tout de même j'aime mieux la prison politique que la torture ; c'est un martyre réduit à l'abstrait et le signe d'une punition plutôt qu'une punition ; c'est une simple formule, et, comme je n'ai pas de famille pour la trouver déshonorante, me voici, ma foi, fort à l'aise. »

Mlle Pichon-Picard avait décidé de le visiter dans sa prison. Elle vint accompagnée d'une femme de chambre, tira du large manteau, où s'enveloppait son

39

corps léger d'enfant qui n'a pas fini sa croissance, une sorte de questionnaire vingt fois raturé, puis, mouillant son crayon, sans nuance visible de coquetterie, sans aucun sentiment de femme à homme, avec cette conviction, cette soif de s'instruire particulière aux jeunes filles de ce temps qui ont, toutes, la passion des professeurs, elle l'interrogeait sur la possibilité de concevoir une société qui s'accorde avec notre sensibilité moderne.

Dès la première minute, André avait senti les compliments déplacés devant le bleu très clair et l'insistance de ces regards, qui ne semblaient rien voir et où il reconnaissait, pour les avoir déjà observés chez des personnes portées aux mathématiques et à la métaphysique, un être qui traverse la vie sans rien y distinguer que son rêve. D'ailleurs, dans cette enfant embarrassée, rien n'était encore tout à fait éveillé que l'intelligence, mais une intelligence si forte qu'elle semblait broyer, comme un moulin fait d'un grain de café, les livres qu'il lui conseillait. Son objet avait été jusqu'à cette heure les œuvres charitables dont MM. Othenin d'Haussonville et Maxime Du Camp se sont faits les historiographes. Riche et indépendante, elle pouvait trouver un emploi d'après les indications de ces messieurs. Peut-être croyait-elle en effet ne demander qu'à agir, mais André distingua très vite que cette petite fille si simple, nullement personnelle, était une romanesque affligée de ne pas retrouver dans la société le monde de haute perfection morale qu'elle s'était construit

Ce qu'était ce monde imaginaire, il n'était pas aisé de le savoir ; soit gaucherie, soit obstination, par un sentiment de jeune fille auquel André revenait un peu trop souvent se heurter, elle se dérobait à toute suite d'interrogations.

De quelle hallucination ses yeux graves étaient-ils remplis? Quelle ombre insensée l'avait prise par la main pour la conduire près du jeune homme qui la considérait avec stupeur, tandis qu'elle s'animait pour lui dire de *la Révolution* de Michelet, que c'est brûlant comme des lettres d'amour, et encore qu'il n'est au monde qu'une chose : la beauté morale?

Au lieu de présenter à Claire ses idées dans leur complet développement, et telles qu'il les possédait à cette heure, André préféra embrasser leur développement avec elle et lui raconter l'histoire de leur formation. Méthode plus lente, semble-t-il, que s'ils se fussent bornés à constater l'état présent de sa conscience, mais il évitait par là les objections qu'elle n'eût pas manqué d'élever et qui eussent à tous instants nécessité des retours en arrière et mille préliminaires qu'il valait mieux dès lors prévoir et disposer avec ordre. En outre, ayant décrit et classifié, pour sa défense, lors de son procès, ses sentiments actuels, il n'était pas fâché de se vérifier par un autre procédé et de parcourir la ligne suivant laquelle s'est développée l'idée réformatrice, dans ce siècle.

De leurs nombreux entretiens, nous n'avons retenu que ce qui se trans-

forma chez eux en sensibilité ; nous
n'avons aucun souci de la mesure dans
laquelle ils s'instruisirent, et ne sommes
curieux que de les voir qui s'émeuvent.
Seule cette préoccupation donne un
sens aux pédanteries que nous allons
côtoyer.

Si ces pages sentent le manuel, il faut
pourtant les accepter comme le milieu
où se forma le cœur de ces héros :
paysage médiocre, mais dont l'atmosphère vivifie le sens moral.

André répugnait aux dissertations qui
s'étirent molles et sans vie ; il fallait
qu'un système fût devant lui un être
organisé, qu'on touche de la main, avec
lequel on sympathise ou qui écœure. En
outre, son véritable souci était de distinguer ce qui, de ces théories si cho-

quantes hier encore, fait déjà une parcelle vivante de notre sensibilité. Aussi
n'allait-il pas proposer à cet esprit
ardent de jeune fille Platon, les gnos-
tiques des premiers siècles, les socialistes hétérodoxes du seizième siècle
ou les anabaptistes, tous utopistes fort
intéressants, mais curiosités de vitrine,
en somme, véritables bibelots, en ce
sens que nous ne pouvons leur restituer
leurs conditions nécessaires de vie.

Le point de départ d'une bonne
enquête sur le genre de perfection qui
conviendrait à la société moderne lui
parut Saint-Simon. Outre qu'il est le
père de nos insurgés les mieux accrédités, c'est chez lui qu'on surprend le
mieux la formation de l'état d'esprit
d'un réformateur religieux. Son éducation étant d'un idéologue du dix-

huitième siècle, nous nous plaçons aisément à son point de vue, et, d'autre part, son caractère d'aventurier dénué de préjugés le rapprochant des héros de Stendhal ou de Balzac, nous saisissons chez lui les attaches des idées et de l'homme, ce qui donne une grande clarté.

André conseilla donc à la jeune fille l'œuvre complète de ce maître pour qu'ils y prissent le thème de leurs premiers entretiens.

Caractère de Saint-Simon.

« Représentez-vous, lui disait-il, Saint-Simon comme un Helvétius devant qui s'écroule soudain le décor de l'ancien régime. Si son cerveau ne s'est pas ossifié en généralités et rêveries, voici l'instant de bâtir, d'autant que

l'horizon, dégagé par une telle chute,
élargit encore les désirs. Et s'il joint à
la manie de systématiser le goût du
risque qui s'alliaient chez beaucoup
des contemporains de Beaumarchais,
vous aurez exactement les qualités et
les défauts de ce Saint-Simon — en
qui vivaient d'une façon parfois scan-
daleuse le goût des affaires et l'amour
de l'humanité. »

Précisément, le mélange de ces deux
préoccupations, si naturel chez le patron
de tous ceux qui, dans ce siècle, mirent
la foi au service des intérêts matériels,
choqua tout d'abord vivement Mlle Pichon-Picard. Avec ses yeux bleus, son
manque de défiance, une certaine sincérité républicaine et sa répugnance pour
toute complexité, cette jeune fille, qui
allait jusqu'à vanter la rudesse d'Al-

ceste, goûtait mal une biographie tant
agitée.

Qu'il ait songé à épouser Mme de
Staël pour l'associer à sa grande œuvre
philosophique, qu'il ait usé du mariage
comme d'un moyen, elle l'approuvait. Il
voulait avoir un salon qui réunît les
artistes et les savants, car il considérait
que, pour organiser la société scienti-
fiquement, ce n'est pas assez de connaître l'état des sciences, mais qu'il
faut savoir en outre l'effet qu'elles
produisent sur ceux qui s'y adonnent.
Et puis à ces expériences psycholo-
giques il s'était ruiné, ce qui ennoblit
toujours aux yeux des jeunes gens.
Mais les spéculations sur les biens
nationaux, les démarches près de Bona-
parte, l'acceptation de tous les régimes,
voilà qui offensait son honneur de jeune

fille mal renseignée sur les conditions
de toute réussite.

Évidemment dans l'allure de Saint-
Simon il y a de l'équivoque, en ce qu'il
n'embarrasse pas sa passion idéologique
de ce fâcheux formalisme moral, excellent pour l'ordinaire des vies, mais
qu'ont toujours secoué les minorités
agissantes et les véritables individus.

« Mes actions ne doivent pas être
jugées d'après le même principe que
celles des autres, parce que toute ma
vie a été un cours d'expérience, disait-il.
Si je vois un homme, qui n'est pas lancé
dans la carrière de la science générale,
fréquenter les maisons de jeux et de
débauches et les personnes d'une immoralité reconnue, je dirai : « Voilà un
homme qui se perd ; ces habitudes
l'aviliront. » Mais si cet homme est dans

4

la direction de la philosophie théorique,
si le but de ses recherches est le bonheur
de l'humanité, je dirai : « Cet homme
parcourt la carrière du vice dans une
direction qui le conduira nécessairement
à la plus haute vertu. » Il concluait :
« Mon estime pour moi-même a toujours
augmenté dans la proportion du tort
que j'ai fait à ma réputation. »

Maltère lut par deux fois ce fragment,
et il déclara, en souriant du scandale de
Mlle Claire Pichon-Picard :

— C'est un père, mais tout de même
depuis on a fait mieux.

Son but.

En somme, expliquait-il à la jeune
fille, vous sortez des anthologies et vous
jugez tout d'après elles, mais concevez
bien que ces recueils de belles actions

ont été composés sur l'idéal de la société actuelle que nous voulons précisément modifier ! Saint-Simon se propose de donner à l'humanité une organisation scientifique, et, dès lors, c'est de ce point de vue qu'il fixe ses moyens, sa ligne de conduite, sa morale enfin. La loi unique, c'est la pesanteur universelle, répétait-il avec complaisance. De cette position intellectuelle, il voit tous les phénomènes sous les mêmes apparences, et ne distingue point les moraux des physiques ; tout se réduit à des calculs de force.

C'est au nom de ce principe qu'ayant examiné la société féodale du passé et la société légiste qui est la contemporaine, il leur substitua la société industrielle. Quelle est l'organisation scientifique d'une société? se demande-t-il. Et il

répond : c'est une organisation conforme aux lois de l'économie politique,
ou science d'acquérir des richesses. Pro-
duire le plus possible avec les moindres
frais d'administration, voilà le fondement de toute maison et d'un État :
c'est le système des industriels. Aussi
doivent-ils avoir le premier rang dans
la société nouvelle. Que toutes les conditions de leur réussite soient légalisées
et substituées à l'idéal désormais injuste
du passé.

Sa tactique.

Mais comment installer le système
industriel?

En homme soumis aux lois de la
pesanteur, Saint-Simon se gardera d'aller
contre aucune force existante; il voudrait plutôt les utiliser. Il ne sera révo-

lutionnaire ni contre les gouvernements,
ni contre les religions.

Il n'entend pas faire d'opposition politique. Le but apparent des chefs du
parti libéral, dit-il, c'est la suppression
des abus, mais leur but réel est de les
exploiter pour leur propre avantage.
Aussi le gouvernement doit-il les entra-
ver, tandis qu'il ne voudra ni pourra
empêcher la formation du parti industriel, qui, lui, ne tend à exercer d'action
que par la force de l'opinion. Celui qui
veut améliorer l'organisation de ses
contemporains plus que ne le comporte
l'état de leurs lumières échoue nécessairement dans son entreprise.

A l'égard des religions, même réserve.
A son lit de mort, il se résumait admi-
rablement : « En attaquant le système
religieux du moyen âge, disait-il, on n'a

réellement prouvé qu'une chose, c'est
qu'il n'était plus en harmonie avec le
progrès des sciences positives ; mais on
a eu tort d'en conclure que le système
religieux devait disparaître en entier ;
il doit seulement se mettre en accord
avec le progrès des sciences. » Et non
content de ne point s'aliéner la religion,
Saint-Simon intrigue pour s'adjoindre
la force énorme accumulée par les
siècles dans les formules catholiques.

Il dira que le principe de morale :
« Tous les hommes doivent se conduire
en frères à l'égard les uns des autres »,
dut être exposé sous cette forme, à l'ori-
gine du christianisme, mais qu'aujour-
d'hui il faut le rédiger : « Toute la
société doit travailler à l'amélioration
morale et physique de la classe la plus
pauvre. » Voilà son néo-catholicisme ;

franchement, c'est une fraude pour bénéficier du sentiment religieux.

Et en effet s'il s'adresse aux industriels, aux savants et aux artistes, il justifie son système par des considérations philosophiques et aussi en démontrant à leur égoïsme que les moyens d'améliorer la condition physique et morale de la classe pauvre ne sont pas autres que ceux qui tendent à donner un accroissement de jouissance aux classes riches, mais près du peuple sa forte ressource, c'est d'interpréter le christianisme et de se substituer à lui. Tactique mémorable! Ce calculateur, pour conduire les hommes, estimait l'appel à la foi plus efficace que l'appel au raisonnement.

La religion, pour lui, c'est une invention humaine, la seule nature d'institution politique qui tende à l'organisation générale de l'humanité. « Tous les fidèles, disait-il, nommeront leurs guides, mais les qualités auxquelles ils reconnaîtront ceux que Dieu a appelés à le représenter ne seront plus d'insignifiantes vertus, telles que la chasteté et la continence ; ce seront les talents, le plus haut degré de talent. » Il installait la toute-puissance de l'Académie des sciences. Quelle profonde modification n'en résultait-il pas dans la façon de poser les principes qui sont la règle des mœurs !

Sa réalisation.

André et sa jeune collaboratrice furent impressionnés vivement par le développement de ces idées qui marquèrent si profondément vers 1830 tant d'hommes d'élite dont elles formulaient les instincts.

Il a beaucoup filtré des idées de Saint-Simon dans l'Europe moderne ; mais, en la renouvelant, elles ne l'ont pas améliorée. Ce système industriel qu'il rêvait, c'est toute notre société d'argent contre quoi sont soulevés les réforma-teurs actuels.

Sans doute, du rêve de Saint-Simon à notre réalité, il y a la distance d'une construction cérébrale à une chose con-ditionnée, mais le squelette même de notre société est saint-simonien, et ses appétits vont dans la direction de ce grand homme.

Selon le plan qu'il avait conçu pour dominer les imaginations populaires, le bénéfice du sentiment religieux s'est transporté à la science et à l'indus-

trie. C'est en termes mystiques qu'on
célèbre MM. de Lesseps et Pasteur.
La possibilité de commercer dans le
centre de l'Afrique est envisagée comme
un bienfait de qualité religieuse. N'est-
ce point un sentiment de fétichisme qui
détermina le pèlerinage des hommes
vers la tour Eiffel, symbole de l'In-
dustrie?

Saint-Simon a été le bréviaire de
notre aristocratie industrielle, et, comme
il l'avait prévue, il l'a formée. Mais quoi
qu'il en eût assuré, l'amélioration physique et morale de la classe pauvre n'a
nullement suivi l'accroissement de jouissance de la classe riche. C'est une des
raisons qui compromettent cette société,
pour qui toutefois l'insurrection ouvrière
n'est qu'un médiocre péril auprès des
graves défauts qu'elle porte dans sa

logique même. Une société est toujours maîtresse de l'indiscipline de ses
déshérités, tant que sa raison d'être
subsiste intacte. Hélas ! ce sont ses
assises mêmes qui manquent au saint-
simonisme ! C'était une forte idée de
subordonner la réorganisation du système religieux, politique et moral, à
un système scientifique, mais celui-ci
précisément fit défaut à Saint-Simon.
En vain Comte, si vénérable d'entê-
tement et de méthode, s'acharna à
cette construction : il dut reculer à
l'infini la date du couronnement de
cet édifice. Il nous forçait ainsi à
chercher une réforme ailleurs. Plus
clairvoyant ou moins consciencieux, le
maître, en attendant que toutes les
sciences fussent ordonnées dans leur
ensemble et dans leurs détails, préten-

dait déduire l'ordre social de l'économie
politique. L'économie politique ! fragment de la science générale et combien
indécis lui-même ! Avouons que ses
principes où se fonde encore notre
chancelante société ont été émiettés
par Proudhon ! Aussi les principaux
disciples de Saint-Simon, après avoir,
durant quelques années, tiré de nobles,
déductions des puissantes hypothèses
du maître, perdirent l'attache du rêve
à la réalité ; ils renoncèrent à la sensibilité nouvelle qu'ils avaient entrevue
pour s'en tenir à l'opinion de la majorité.
Ainsi résignés, ils devinrent tous de
grands entrepreneurs. Peut-être enno-
blirent-ils leur négoce en y mêlant une
parcelle de leur rêve aboli : la poésie
des grandes affaires, qui très évidemment aujourd'hui remplace la griserie

militaire. Mais de tous points se vérifia
ce que Fourier prévoyait dès le premier
jour : « Si le génie saint-simonien s'or-
ganisait, disait-il, on n'est point du
tout sûr que l'amélioration de la classe
laborieuse en résultât. Le seul effet
certain serait de concentrer, au bout
d'un demi-siècle, toutes les propriétés,
capitaux, domaines, usines, fabriques,
entre les mains d'un nouveau prêtre.
Quand les saint-simoniens tiendraient
tout, ils sauraient bien traiter le peuple
comme l'ont traité tous les théocrates. »

Maltère aimait à voir ce Saint-Simon
tout cérébral et aristocratique, auda-
cieux imaginatif qui se préoccupait
moins de collaborer au bonheur des
hommes que de les grouper dans un
bel organisme, humilié devant ce simple
Fourier, et il y trouvait un rapport

lointain avec le cas de Claire Pichon-
Picard qui, merveilleusement intelli-
gente, voyait moins net dans la vie que
la frivole Marina guidée seulement,
pour trancher les questions, par une
sensualité qui est exactement le sens
de la vie.

La petite princesse, en effet, était
admise, elle aussi, à visiter le prisonnier,
contre qui l'on n'usait pas de rigueur.

Elle trouva la vaste cellule assez
curieuse, expliqua au jeune homme que
ces murs blanchis à la chaux, ces solives
grossières et ce dallage étaient de
meilleur goût, et convenaient mieux à
son type qu'une installation de tapissier
parisien.

— Il y a des hommes, lui disait-elle,
pour qui ne sont faites ni les cravates

claires ni les tentures. Les jolies choses
ne leur conviennent pas. Elles leur
donnent des airs du dimanche.

Elle s'amusa beaucoup du serviteur,
qui était un condamné pour viol, et lui
remit vingt francs en partant.

Maltère releva qu'elle parût attacher
si peu d'importance à la prison : il lui
semblait qu'au moins, en sa qualité de
femme, elle aurait pu le plaindre. Mais
le directeur l'informa le lendemain qu'il
avait dû refuser des plantes vertes
qu'on lui adressait pour sa cellule, et
il comprit d'où venait cette attention.

Il réfléchit sur le caractère de cette
fille singulière, où il distingua une forte
proportion d'amour-propre. Pourtant il
ne sut pas démêler qu'en même temps
qu'elle le blessait par la continuité de
ses remarques de mondaine, il la frois-

sait à la traiter en enfant noceuse. Un
jour qu'il avait cru la sentir particulièrement arrogante, il lui dit :

— Vous êtes pour moi la plus char-
mante camarade, et, entre tous mes
camarades, il faut bien vous avouer
qu'il en est peu de qui je diffère autant
que de vous...

Sur ce mot de camarade, elle eut des
larmes dans les yeux. Et, quoiqu'il
la jugeât très énervée, il ne fut pas
sans ressentir un remords et presque
une sympathie pour elle de ce qu'il
l'avait peinée. C'est la première chose
intime qu'ils eurent en commun.

Cependant, est-il besoin de dire que,
depuis quelques semaines, elle était sa
maîtresse?

Cette facile prison, qui lui prêtait
quand même aux yeux de cette jeune

femme quelques traits de romanesque,
l'avait disposé lui-même à mieux apprécier tout un ordre de distractions qu'en
d'autres circonstances il eût trouvées
un peu trop jeunes. Aussi venait-elle,
plusieurs fois par semaine, passer de
longues heures avec lui. Dans sa rapide
défaite, il semblait bien qu'elle eût été
décidée par le plaisir de se faire admirer,
et, quoiqu'elle fût délicieusement faite
et possédât un grain de peau incomparable, il était un peu agacé dans cette
réelle satisfaction par la vanité qu'elle
montrait d'elle-même.

La conversation entre eux aurait pu
languir, car ils n'avaient que les faits
et gestes du Velu et puis leur sensualité,
tout de même assez courte ; mais elle
mettait sur ses récits un étonnant pittoresque de mots, et, soit qu'elle fût

5

étrangère, soit par la jolie franchise de
ses mœurs libres, soit par une originalité
infaillible, elle était un ragoût extrême-
ment savoureux et bien fait pour saisir
l'imagination d'un homme exigeant et
hautain dans ses désirs.

Avec cela, elle différait assez des
préoccupations constantes d'André Maltère pour qu'il s'étonnât s'ils se trouvaient d'accord sur des façons de
sentir.

Un jour le Velu, qu'elle avait obtenu
d'introduire, prit une liberté. L'ennui
n'était que pour le violeur. Toutefois
André crut devoir s'excuser des défail-
lances analogues que l'animal pouvait
avoir chez son hôtesse.

— Le pauvre bêta, disait-il, il est
exactement « celui qui ne parle pas ».
J'avoue que je me suis refusé à l'élever.

— Vous avez raison. Un chien qui sait vous lécher quand vous pleurez, et rire si vous le menez à la promenade, est un bon chien, et n'a que faire de porter les journaux et autres gentillesses.

Ils abondèrent en ce sens.

Cependant le violeur, tout en effaçant le signe matériel de l'inconvenance, la reprocha vivement au Velu ; même il l'eût claqué, sans l'intervention d'André. Quand il fut parti, la petite princesse dit :

— Eh bien quoi ! mon pauvre Velu. Les petites filles qu'il aimait trop en font autant.

Et elle raconta qu'un jour, dans la pension où elle était élevée, pendant le sermon, comme on riait du pope, le signe serpentin d'une défaillance se dessina dans le rang des moyennes. Ce fut un scandale. A quatorze ans et à l'église! Personne n'avouait. On fit revenir ces demoiselles, on les replaça et la coupable apparut. A-t-on eu raison de couvrir de honte une bonne petite fille?

— C'est singulier, dit André, comme votre histoire me plaît.

C'était la première fois qu'ils se trouvaient d'accord sur une chose sérieuse, ils en furent enchantés.

Pour s'éclairer sur la qualité exacte des relations d'André Maltère et de Claire Pichon-Picard, on notera qu'il ne lui communiqua point cette anecdote, d'une saveur mal saisissable pour un esprit tout grave et honnête. Cependant, il estimait qu'on en illustrerait avec profit les textes de Fourier, qui, après Saint-Simon, les occupèrent.

A travers ses traités un peu lourds, ce petit homme, aux yeux clairs et aux cheveux blancs ondulés, maigre, aimable, tout en feu, et d'une bouche si sensuelle, les toucha de sympathie. Qu'un commis de boutique sans culture eût vu l'humanité avec une telle lucidité et cette bonté, cela les rendait eux-mêmes optimistes. Et quand Fourier, du milieu de ses humbles gagne-pain, s'écrie en relevant la tête : « Pour compléter l'opprobre de ces titans modernes, savants, philosophes, moralistes, véritables bibliothèques, Dieu a voulu qu'ils fussent abattus par un inventeur étranger aux sciences, et que la *théorie du mouvement universel* échût en partage à un homme presque illettré ! » ils n'en souriaient pas plus que de sa prétention à continuer tout à la fois Jésus et Newton.

C'était pour donner une base scientifique et attribuer le bénéfice de la religion à ses constructions. Il y était plus gauche que Saint-Simon, dont il diffère autant que Rousseau de Condorcet. « J'ai résolu le problème, disait-il, parce que l'aptitude naturelle peut l'emporter sur les raffinements de la science. » Très vite, il prit les meilleurs auteurs en dégoût, avouant qu'ils avaient entrevu sa découverte, mais manquaient de persévérance et se laissaient éblouir des triomphes du bel esprit.

C'est perdre son temps, disait Maltère, de lui appliquer une critique selon les règles ; cependant il fut une âme très influente et d'un ordre de noblesse qui a des chances, selon mon jugement, de se substituer à l'idéal moderne.

Pour connaître son génie, négligeons
les formes où il le déposa et qui paraî-
traient bizarres ; maintenons-nous à
l'homme même.

Fourier, dès l'abord, c'est un ma-
niaque, comme il y en a tant dans nos
petites villes, où ils conservent la
vieille politesse nationale. C'est bien
le type français, tel qu'on le charge à
l'étranger, un petit vieillard de sensibilité vive pour la table et les cotillons,
et de qui le tour d'esprit va du parfait
cuisinier au parfait maître de danse.
Mais avec cela du cœur, beaucoup de
cœur, et, en dépit de son formalisme,
une sociabilité tellement d'accord avec
la vie et avec l'humanité, qu'elle équi-
vaut à la plus noble compréhension
d'un Gœthe.

André et Claire suivaient d'imagi-

nation Fourier dans tous les détails de
sa vie : à son restaurant, par exemple,
où il évite la société des militaires, trop
hautains, trop hommes de sport, et aussi
des jeunes gens, « ces jouvenceaux »
incapables de suivre avec assez de respect des conversations un peu longues
et un peu logiques. Fourier, qui ne
dédaignait rien, aimait qu'on soignât
la cuisine. A table d'hôte, il apportait
son pain et son vin, une de ses redites
étant qu'à Paris le pain est mal cuit,
trop mou : négligences qui disparaîtront
dans « l'association ». Il ne dédaignait
pas de s'égayer d'une bouteille, et permettait cette satisfaction aux hommes
de l'avenir, qu'il groupait d'après leurs
affinités et légiférait selon leurs passions.

Les esprits de cette sorte ont un
culte pour les finesses de la politesse,

pour l'étiquette. Vieux médecins, buralistes, ou plus modestes encore, ils conservent tout l'art de faciliter les relations entre hommes, qui fut le triomphe de cette délicieuse société française du siècle dernier. Le caractère de Fourier est d'avoir voulu plier l'humanité entière sur le type élargi de ce petit monde de privilégiés. Il aimait les réunions mondaines, la danse, tout ce qui est harmonisé par les règles du savoir-vivre, dont il était scrupuleux, parce qu'elles lui paraissaient un des effets bien rares et bien faibles que projette l'unitéisme (ou tendance à l'harmonie) sur notre société marchande. C'est dans le même esprit qu'il goûtait les parades et manœuvres militaires ; elles lui fournissaient une image de l'ordre, de l'unité, premier

besoin de sa nature. Il accompagnait
avec les enfants les régiments qui
passent musique en tête.

Pour ce consciencieux, tous les
incidents de sa vie étaient prétexte à
ingéniosité minutieuse. Peut-être son
souci du détail lui grossit-il le petit
côté des choses. Il se plaint toujours
de plagiats. Si les journaux ne parlent
pas de lui, « c'est qu'à Paris, pour
intriguer, il faut une voiture et des
bassesses ». Et quel scrupule sur les
choses d'argent ! A propos d'un compte
d'imprimerie à régler, il répond : « Moi
qui ne joue jamais, j'ai mis trois fois
à la loterie, depuis votre lettre reçue. »

Voilà chez lui le trait bizarre, carac-
téristique dans l'espèce à laquelle il
appartient ; les difficultés le frappaient
moins que les possibilités. La loterie

lui apparaissait un endroit où l'on
gagne ! On sait que, durant les dix
dernières années de sa vie, il s'imposa
de toujours rentrer chez lui à midi :
c'était l'heure qu'il avait indiquée à
l'homme d'argent qui voudrait opérer
avec lui un essai d'association industrielle. Le « banquier » ne se présenta
jamais, et Fourier ne cessa de l'espérer.
Son optimisme ne s'arrêtait pas à
croire en la bonté de l'espèce humaine,
mais se confiait aux combinaisons les
plus hypothétiques, et c'est là ce qui
constitue un réformateur.

De tels traits expliquent le système
de sensualité, de fatigante minutie et de
bonté où aboutit ce célibataire illettré !
Mais, pour André Maltère, l'essentiel
c'était d'essayer sur le bon sens de
Claire Pichon-Picard la qualité de

l'utopie fouriériste. D'après l'accueil
qu'elle faisait à des théories qui toutes
prétendent être l'acceptation des appétits naturels, il départageait ce qui
choque nos seuls préjugés et ce qui
offense réellement nos délicatesses.
C'est une distinction où Fourier est
assez maladroit, mais où Mlle Pichon-
Picard se conduisait très sûrement en
n'écoutant que son éveil de fille. Si
neuve dans de tels débats, elle y rou-
gissait parfois délicieusement, et cette
gêne, outre qu'elle n'est pas sans une
délicate volupté, empêchait de prendre
ces problèmes en plaisanteries, ce qui
est trop souvent l'écueil. Telles dis-
cussions sur la polygamie, sur la com-
munauté des femmes, passant par cette
bouche si pure, prenaient un charme
infiniment troublant.

Ils arrivèrent à tenir pour assurés les principes suivants :

1. — Il n'y a pas à contraindre les penchants de l'homme, mais à leur adapter la forme sociale.

2. — Pour chaque être, il existe une sorte d'activité où il serait utile à la société, en même temps qu'il y trouverait son bonheur.

Toutefois, le minutieux formalisme et les bizarreries dont fourmille la construction fouriériste empêchaient Maltère et Claire d'y trouver leur repos. Après avoir reconnu dans Saint-Simon une haute interprétation philosophique de la société actuelle, le jeune homme pressentait dans Fourier le moraliste de la société de demain. Mais il lui reprochait de se préoccuper mal du pont à jeter entre son système et les

conditions actuelles de l'humanité, et
redoutait que, dans l'application, le
fouriérisme ne se déformât comme a
fait le saint-simonisme.

André avait trop d'éducation ou,
plus exactement, une trop bonne économie cérébrale pour ne pas chercher
à intéresser chacun dans ses préoccupations. Souci utile avec Marina, qui
n'aimait point qu'auprès d'elle on
songeât, et si cela lui arrivait de surprendre à plusieurs reprises la pensée
du jeune homme absente, elle se repliait
sur elle-même, d'âme et de corps, par
une sorte de défiance orgueilleuse, par
manque de frisson aussi, car il semblait
qu'elle n'obéît qu'à une détente nerveuse. Et alors elle était petite, de
figure presque fripée, tant son visage

aux délinéaments nets et transparents
attestait ses sentiments. Mais eût-elle
été laide que nul homme, un peu hautain
dans ses goûts, n'aurait pu rester indif-
férent devant ce petit crâne assez
obstiné pour se jeter dans toutes les
fantaisies et assez dur pour se heurter
même contre de l'impossible. Aussi, un
jour qu'il méditait ce quedit Fourier que
les vies les plus fâcheuses ne sont que
des passions qu'on n'a pas su utiliser,
une curiosité le prit de connaître le
point de départ de la petite princesse.

Voici ce qu'elle lui raconta, avec cet
accent que donnent les Russes au français, dans une langue tout à la fois me-
surée et vive, où le présent et le passé se
mêlaient sous la force de sentir de cette
petite fille, et pourtant infiniment élégante par son manque d'exagération.

Dans le couvent où j'étais élevée, dit-elle, le meilleur de la Russie, — qui donne d'un côté sur un parc séculaire et de l'autre sur la Néva, — le vieux pope, qui était un intrigant, maria sa fille, laide et dans sa trentième année, à un jeune pope de vingt-quatre ans, pour lui passer sa charge d'aumônier.

Il le présenta un jour dans notre classe, où nous étions vingt-cinq demoiselles, et nous dit que c'était le nouveau confesseur. Celui-ci, tout rougissant, prit tant bien que mal le courant de la maison, et au bout d'une semaine demeura seul.

Les demoiselles se moquaient beaucoup parce qu'il était très jeune et
qu'il n'avait pas une barbe sale comme
les autres popes. Quand il passait dans
un couloir, trois ou quatre se préci-
pitaient et lui baisaient la main et
filaient, très amusées de sa confusion.
J'avais quinze ans et sentais beaucoup
de compassion pour lui ; et à la classe,
comme je répondais avec soin à ce
qu'il me disait, il s'était formé une
façon d'entente entre nous ; il me
cherchait des yeux en faisant sa leçon.
Sans nous parler, nous savions bien
que nous étions l'un pour l'autre
quelque chose. J'appris dans ce temps-
là, par une de mes amies, que j'étais
la seule qui lui plût comme femme,
parmi ses élèves.

Je me mis à l'aimer, et jamais je

6

n'éprouvai un tel trouble, quoique j'aie
beaucoup aimé deux hommes dans ma
vie. J'étais violette et mes dents cla-
quaient en lui parlant. Il aurait pu me
prendre au coin du corridor et pourtant
j'étais presque une petite fille. Je me
jurai d'avoir du courage. A la confession,
je lui déclarai que j'aimais quelqu'un.
Il me répondit qu'avant d'éprouver un
sentiment, et pour ne pas le gâcher, il
fallait bien savoir si l'homme à qui on
s'adressait pouvait vous aimer. Je lui
répliquai de me donner la réponse. Il
me dit qu'il était marié. Il me demanda
encore si j'aimais « de désir ou spiri-
tuellement ». — « Avec un vif désir. »
Il conclut qu'il ne pouvait pas me donner
l'absolution, qu'il était très touché et
me promit de me donner réponse
ailleurs.

Pour voir cette scène invraisemblable, il faut comprendre que le confessionnal est une chambre attenant à la sacristie, assez sombre, malgré quelques lumières enfermées dans des verres de couleur, ornée d'un grand Christ et de lampes perpétuelles. Surtout il faut s'imaginer une fille de tempérament emporté, sans freins moraux, toute de fierté et de casse-cou. Ce pope devait être un jeune paysan, très mal à l'aise dans une telle circonstance. Cela semble du moins qu'il ne dominait pas la situation, car peu après, Marina lui rappelant sa demande, il s'esquiva gauchement : « Si je vous répondais oui, vous me diriez au bout de quelque temps que vous avez plaisanté. C'est moi qui serais dans mon tort. »

Je lui répliquai, continua la jeune

femme, que, s'il me déc.ugnait, il s'en
repentirait toute sa vie, parce que je
n'irais plus à confesse. Et désormais je
m'en abstins; au catéchisme, je répondais toujours que je ne savais pas.
Je courais après les professeurs, et on
disait que j'étais une polissonne.

Il me dit un jour : « Je vous prie, si
vous m'avez jamais aimé, de cesser
cette conduite. » Il me suppliait, et je
suis devenue arrogante.

Cependant, on arrivait à la fin de
l'année qui était ma. dernière de couvent.

A notre *Te Deum* pour la sortie, le
pope donne à chacune, avec un petit
livre, quelques conseils. Je lui ai dit
une impertinence, en m'adressant à
ma voisine, mais qu'il a bien entendue :
« J'ai peur avec sa bénédiction de me
casser le cou au premier carrefour. »

Au souper, je n'avais que seize ans,
je me suis conduite en fille. C'est si bon,
quand on adore quelqu'un, de lui faire
du mal! Je me trouvais assise en face
du pope, et je flirtais avec un vieux
libertin de maître. Parlant de ce qu'on
m'avait refusé des récompenses, il me
disait : « Tant que vous regarderez
le monde avec ces yeux-là, vous n'aurez
pas besoin de brevet. » Il faut entendre
que toutes les demoiselles étaient très
excitées et qu'on plaisantait beaucoup,
parce que c'était leur sortie de pension.
Moi je répondis : « Demain soir, je
serai chez vous. » Alors le pope me
jetait des regards tristes, et tâchait de
me prendre à l'écart : « Maintenant,
me dit-il, que vous quittez le couvent,
puis-je vous avouer ce que j'ai pour
vous? » — « Non », lui répondis-je.

— Et vous êtes allée chez votre
professeur? interrogea André, en qui
se formait une légère goutte d'amer-
tume.

— Oui, mais lui n'avait pas cru que
ce fût sérieux. Il était sorti. Ma famille
en a été si atterrée qu'on m'a séparée
de mes sœurs. Et ces humiliations me
sont devenues telles que j'ai épousé à dix-
sept ans le premier qui m'a offert une
grosse fortune : je vous dirai le reste un
jour. Le malheur, voyez-vous, c'est
que le pope n'ait pas voulu de moi.
Comme je considère que c'est un grand
péché, j'aurais fait de l'expiation. Si
j'avais eu des remords, répétait-elle
avec une expression entêtée, je n'aurais
pas été désœuvrée, et maintenant je
ne serais pas loin de tous les miens et
de mon pays, parmi des étrangers.

Mais voilà, je ne devais rien à personne.

De toute cette histoire, André avait surtout retenu qu'elle claquait des dents à être regardée par le jeune pope, puis, dans le ton libertin du récit, il démêlait le goût de la mélancolie passionnée. « Des fenêtres de notre couvent, lui disait-elle, on avait une vue merveilleuse sur la Néva, qui était couverte de bateaux, et plus belle encore quand elle charriait des glaçons à l'époque de la débâcle. »

Puisqu'il partageait sa façon de savourer la tristesse et cette excitation nerveuse à se détruire, il devait y avoir un autre secret de lui plaire que par un tour d'esprit de viveur et de jouisseur. Après avoir été séduit par le goût

relevé et le rappelant de cette étrangère
il fût entraîné par ce qu'il sentait chez
elle d'enthousiasme désintéressé. Mais
de semaine en semaine il éprouvait plus
de difficultés à connaître le joli masque
dont il s'éprenait de plus en plus. Elle
le plaisantait dédaigneusement de quelques intentions de frivolité qu'il avait
montrées, et pourtant elle coupait court
aux idées fortes qu'il lui développait :
elle l'y trouvait professionnel.

Elle goûtait l'exaltation qui perçait
dans les discours du jeune homme,
mais s'amusait à y distinguer des sentiments bas de vanité. Lui-même, par
riposte, la plaisantait de son goût pour
les choses chères, décoratives, fréquemment renouvelées. Mais alors que ces
railleries n'était souvent qu'un badi-
nage pour voiler le penchant insensé

qui l'entraînait vers le luxe et la beauté, et contre lequel toujours il s'était débattu, elle se croyait inférieure, trop frivole pour lui plaire jamais, et, par fierté, s'entêtait dans ce malentendu. Aussi dut-il suspendre ses jugements sur une fille qui se piquait de les contredire tous. Comme elle marquait tout de beauté, aucun des caractères qu'il relevait en elle ne lui parut un défaut, mais son erreur fut de croire qu'il était fait pour lui déplaire. Et autant pour continuer cette fausse liaison que parce que c'était leur point de vue, ils se persuadèrent que leur situation spéciale leur permettait un divertissement, un flirt un peu particuliers, mais qu'ils ne seraient jamais l'un pour l'autre que ce qu'ils étaient en ce moment : une femme frivole qui s'amuse de se frôler à un révolté.

Avec Claire, au contraire, on a vu de
quelles émotions d'un ordre facile et
généreux s'emplissait la petite chambre
de Sainte-Pélagie. Dans Saint-Simon,
Comte, Fourier et les autres, ce n'était
pas tant la qualité des raisonnements
que l'ampleur des rêveries et l'achar-
nement vers une même direction qui
soutenaient cette jeune fille. Elle distinguait dans les biographies de ces
hommes, trop mal connus par le détail,
une verve romantique, parfois une
révolte byronienne qui se commu-
niquaient à elle. Comme le véritable
esprit no se trouve pas au théâtre du
Palais-Royal, mais seulement chez les
grands métaphysiciens qui nous ont
bâti des hypothèses si spirituelles pour
expliquer Dieu, l'Univers et le Moi, il
n'est non plus de passion un peu

sérieuse que chez les hommes abstraits.
Ah! qu'il est veule, Rolla, à rappro-
cher de son contemporain Lamennais!

Il est faux que les femmes soient
inaptes à goûter ces grands caractères.
La dernière phrase de Comte, ses extases
où la sensibilité et la tendresse atteignent
à la qualité religieuse, ébranlèrent de
prodigieuse façon Claire Pichon-Picard,
qui avait pourtant l'âme lente.

C'est dans ces pages sublimes, et à
travers les imaginations de Fourier
sur les affinités électives, qu'elle entrevit la possibilité de prolonger leur vie
en commun.

A mesure qu'elle s'arrêtait à cette
pensée, elle la communiquait au jeune
homme, sans toutefois qu'ils se la pré-
cisassent. L'un et l'autre se plaisaient
à cette sorte d'excitation puissante

qu'ils se donnaient dans le bercement
de leur vie aisée et monotone de Sainte-
Pélagie. Pas plus qu'ils n'admettaient
de se séparer, ils ne pouvaient supposer
qu'il fallût désespérer de trouver une
solution, parce que Saint-Simon et Fourier n'avaient pas su bâtir un escalier
entre leur ciel et notre terre à terre.

Claire avait quelque gaucherie de
corps qui n'excluait pas la grâce, et
il semblait qu'il y eût une paresse et
une distraction analogues dans son
esprit. D'ailleurs, cet air d'indifférence,
si fréquent chez les jeunes filles, peut
être de la timidité ou de l'hésitation
sur le parti à prendre, aussi bien qu'une
sorte de brouillard intérieur. Elle ne
sentait rien qui ne fût d'une haute
moralité, mais son idée se composait
avec un minimum d'activité.

Dans ce temps-là, elle demanda à André Maltère s'il avait un plan pour ce qu'il ferait dans la vie à sa sortie de prison.

— Nullement, répondit-il, je compte seulement participer, en me maintenant dans une même direction, à toutes les nouveautés qui seront tentées. Le hasardeux est qu'il y a là plus d'agitation que de résultat, mais il faut que je fasse un sort à mon activité. En attendant les circonstances, je continuerai à m'informer des attaches entre les théories et les hommes, et, comme nous venons de faire pour les systèmes français, j'aimerais à étudier parmi les Allemands jusqu'à quel point leur sensiblité a été influencée par leurs réformateurs.

C'est alors qu'elle offrit au jeune

homme de distraire une partie de sa
fortune, qui était considérable, pour
qu'ils tentassent telles expériences
qu'ils jugeraient nécessaires.

Cette association, en somme, c'était
le mariage dans ce qu'il a de plus élevé
et qui, seul, peut le faire accepter, une
même direction de rêve et deux façons
qui se complètent de juger la vie.

Passeraient-ils par la mairie et par
l'église? Ils estimèrent que, jusqu'à ce
qu'ils eussent trouvé leur philosophie
générale et les mœurs à en déduire, le
mieux était de se conformer aux exi-
gences de l'époque, d'autant qu'à s'y
soustraire ils risqueraient de se diminuer
pour la tâche qu'ils entreprenaient.

Et les dernières semaines qu'André
passa à Sainte-Pélagie furent toutes
remplies des plans qu'ils se composaient

pour savoir comment ils fondraient
la société telle qu'elle est et l'utopie
qu'ils commençaient à entrevoir.

Au résumé, ces heures de prison
partagées avec Mlle Claire Pichon-Picard, pour leur haute moralité, peuvent
être tenues comme fort analogues à
l'idée, désormais classique, que nous
nous faisons de la jeunesse de M. Renan,
auprès de sa sœur Henriette, dans la
petite chambre du quartier Latin.

Et cette vie, pour André Maltère,
prenait une saveur plus forte de la
secrète contradiction qu'il mettait à
être tout générosité, tout optimisme
humanitaire avec Claire Pichon-Picard,
et à se livrer au vice sentimental le
plus raffiné avec la petite princesse
Marina.

CHAPITRE III

LIBERTINAGE MODERNE

Au sortir de sa prison, André Maltère, un peu déprimé et imbibé de choses médiocres, sentit le besoin de rafraîchir de beaux spectacles ses yeux et tous ses sens ; en un mot, il voulait reprendre du style. Et, d'autre part, ne devait-il pas une politesse à l'aimable femme qui, depuis trois mois, avait été si gracieuse envers le Velu ?

Durant que Mlle Claire Pichon-Picard composait leur bibliothèque et toute la corbeille si particulière de ce mariage, le jeune homme, la petite princesse et le Velu décidèrent d'aller passer quelques semaines à Venise.

Comme il était mené par le désir d'être agréable à ses compagnons, André ne visita pas les musées. Le Velu en eût été exclu et Marina avait trop le sens de la vie pour se plaire dans ces voluptés artificielles, où le plaisir du beau d'ailleurs est si souvent remplacé par le plaisir du classement, distraction de pédant, plutôt que d'un goût un peu fier.

« Moi, je suis comme le Velu, disait-elle, mettez-le en face d'une Vierge de Raphaël, il lui donnera un coup de langue pour savoir de quelle pâte elle est faite. Ce que nous comprenons, c'est un beau meuble ; nous aimons nous y étendre ; je comprends encore les beaux fruits. »

En revanche, tous trois fréquentaient
Saint-Marc, dont la fraîcheur et le caractère de boutique somptueuse et pittoresque les remplissaient d'aise. Le son
des cloches au coucher du soleil, les
lentes promenades, à rangs serrés, du
peuple, les soirs de fête, les cafés de la
place Saint-Marc et du Jardin Royal,
ils goûtaient tout cela, les uns et les
autres. Mais le Velu, fort capable de
partager leurs plaisirs sensuels, s'élevait-
il jusqu'à en sentir la mélancolie?

André, qui dans Paris avait bien du
mal à être autre chose qu'intelligent,
jouissait en voyage d'une sensibilité
exquise. Au soir d'une chaude journée,
après s'être associés jusqu'à en défaillir
à la déclivité du soleil sur les palais et
sur l'Adriatique, par les petites ruelles
de la Venise populaire, au milieu des

troubles coudoiements des beaux
hommes et des belles femmes, ils entrèrent dans une salle très pressée où
l'on jouait les *Deux Foscari*. André, qui
n'avait jamais aimé sérieusement que
la métaphysique allemande et Manon
Lescaut, par une complication analogue adorait Verdi en même temps que
Wagner, et, sous la voluptueuse splendeur de cette nuit de septembre sur
l'Adriatique, ce lui était une sensualité
aussi accablante que les pleurs ou les
spasmes de sa maîtresse, de frémir
et s'apitoyer avec tout ce peuple dans
une belle légende de la Venise passionnée. Ivre de beauté forte et de
l'éclat de tous ces garçons et filles nés
pour les caresses, il s'enfonçait hors
de soi-même dans une mollesse où il
eût voulu confondre et évanouir tous

les sexes de toutes les races, qui pul-
lulent et tourbillonnent de désir sur la
face de la terre.

Leur temps, dont chaque minute
palpitait d'émotions, leur était aussi
long qu'une journée de bonheur à des
enfants. Elle faisait des travaux de
soie, le Velu rôdait des chambres à la
cuisine de leur flatteuse hôtesse, et lui,
revenant sans trêve à perfectionner
son utopie, s'était installé sur une
estrade près de la fenêtre, d'où il aper-
cevait San Georgio Maggiore, la pointe
de la Dogana, et toute cette belle entrée
de Venise, tiède et troublante comme
la gorge d'une jeune femme.

Sous leur rez-de-chaussée, sur le quai
des Schiavoni, c'étaient des marchands
de fruits installés dans le plein soleil,
puis l'éternel cri des gondoliers qui

s'offrent. C'était, la fin du jour venue,
l'extrême difficulté de se nourrir, parce
que leur fièvre leur donnait des répu-
gnances et qu'ils avaient vu laver des
rougets dans l'eau malade des petits
canaux si mornes et si doux. C'étaient
les soirées silencieuses au café du Jardin Royal, contre la Balustrade où
clapote parfois sous une gondole la
lagune toute noire. C'était enfin, dès.
leur rentrée dans la maison, l'odeur
âcre de toutes les résines allumées contre
les moustiques, et puis, après les bougies
soufflées, ces bêtes sifflant au plafond,
se rapprochant et plus terribles encore
quand elles se taisent. Un sommeil
agité enfin, et, au réveil, la venue d'une
belle Italienne, jeune et très femme,
ouvrant les fenêtres, et disant de la
voix la plus douce et des yeux les plus

chauds : « Commanda, signor. » Puis une belle journée recommençait.

Oui, belles et plus belles encore à mesure qu'on s'en éloigne, car toutes les insuffisances de Marina et de Venise plus tard s'étaient effacées, et leurs vertus à l'une et à l'autre se mêlaient dans sa mémoire, en sorte que l'image de la petite princesse, invinciblement, se confondait avec la beauté du fruit et avec la saveur du chianti, parce qu'un jour qu'il l'attendait sous les galeries de la place, il l'avait vue venir, rieuse et portant d'énormes grappes couleur d'ivoire doré et des pêches toutes jaunes, tandis qu'un petit la suivait avec un fiasque.

Elle se confondait aussi avec la fièvre, parce que l'un et l'autre en avaient éprouvé la lassitude, l'inappé-

tence, l'à-bout de ressources. Et il se
rappelait le frisson de laisser traîner de
la gondole ses mains brûlantes dans
l'eau froide, qui fait son susurrement en
se froissant contre ce léger obstacle.
Mais surtout il se rappelait ses insomnies,
ses cauchemars, ses nerfs brisés que
seule calmait la chaleur de ce corps
de jeune femme, tandis qu'elle veillait
des nuits entières pour le servir et
l'adorer.

Et quand ils allaient à travers les
petites rues plates de Venise, marchant
indéfiniment par goût inassouvi de ce
pittoresque, par désœuvrement et par
désir de gagner de l'appétit, elle lui
parlait des ruelles montagneuses de
Tiflis, beau pays sensuel aussi, plein de
soleil, de fruits et de vermines, où des
filles, avec leurs oreilles chargées comme

les oreilles d'un mulet, attendent le
passant qui, pour un peu d'argent,
voudra dormir avec elles. « Et je
voudrais, disait-elle, que tu allasses
là-bas, car ce pays me plaît beaucoup
et tu aurais quelques minutes de plaisir
avec ses belles filles. Moi, que m'im-
porte qui tu embrasses, si c'est ton
caprice, pourvu que je sois la plus
aimée. Même je te dirai que, dans la
prison, j'ai été jalouse du Velu, car je
pensais que tu me le préférais. Mais
maintenant, le pauvre cher, ce n'est pas
à lui que j'en veux... »

« Tu es mon bonheur, lui disait-elle
encore, quand il craignait qu'à le suivre
dans ses visites d'art elle ne s'ennuyât.
Je veux avoir à moi seule toutes tes
minutes, et, quand tu regardes les
tableaux, permets-moi d'être à ton

côté. Quand j'étais petite, un vieil ami
m'a donné un jour un gros sac de
bonbons ; et mes parents en offrirent
à mes frères et à mes sœurs, malgré
mes protestations, puis l'enfermèrent.
J'étais si indignée que je trouvai moyen
d'ouvrir le meuble et que je mangeai
tous mes bonbons, tous, en une demi-
heure. Je savais que peut-être je serais
malade et que sûrement on me tirerait
les oreilles et me taperait sur les doigts,
mais ça m'était égal ; je me disais : « Je
les ai dans le ventre, les autres ne les
mangeront pas. » Eh bien ! que je sois
malade de tournoyer des journées dans
ces salles, le nez en l'air, pour passer
mon temps avec toi, mais que ces
toiles, ces marbres, ces histoires ne
te volent pas à moi, ce me sera un
plaisir. »

Elle ne faisait nulle autre allusion au projet qu'elle connaissait.

Au bout d'un mois, cependant, tout ce faste qu'est Venise et ces eaux chargées de souvenirs les lassèrent d'une fièvre continue. Cette ville est une dormeuse parée dont l'enivrant contact nous maintient un désir inassouvi et pourtant épuisant. Le peu de verdure qu'il y a au Lido leur était un repos extrême ; elle calme l'irritation du sang ; le Velu s'y roulait avec frénésie et, heureux d'échapper aux dalles, creusait des pattes et du museau des trous pendant des heures.

Il fallut partir. Elle avait de temps à autre des éclats de nerfs, des sanglots, ses méchancetés, comme elle disait, mais fort rares, et André pensait que, malgré tout, elle ne supposait pas

possible qu'ils se quittassent. Elle lui
faisait remarquer, elle-même, sa douceur, sa résignation et s'étonnait d'avoir
ainsi changé. « J'ai été comme cela, lui
disait-elle, quand j'étais petite fille,
et qu'à la suite d'une secousse de
maladie nerveuse tout un côté de ma
figure fut paralysé. Jusqu'alors j'avais
été avec tout le monde arrogante et cher-
chant à blesser, mais je me dis : « Main-
« tenant que je suis laide, il faut que
« je devienne douce et me fasse aimer. »
Et personne ne me reconnaissait plus,
non point à cause de ma figure raidie,
mais tant j'étais patiente et bonne. »

La souffrance, la fierté froissée chez
Marina devenaient la plus touchante
résignation, mais, au juste, cette soumission au sort n'était-ce pas stupeur
devant le sort?

Tous trois quittèrent Venise en octobre, avec ce même emportement de hâte qu'ils avaient mis à la désirer. Jusqu'à Turin, ils ne cessèrent guère de manger des fruits et de boire du vin pour rafraîchir leur fièvre, mais combien étaient variés leurs sentiments ! Pour la petite princesse, c'était le dernier jour d'un beau temps ; pour André, l'ébranlement d'une séparation qui allait causer une souffrance. Seul le Velu, qu'incommodait le chemin de fer, se disposait à se réjouir pleinement des larges rues de Turin.

Ce fut son malheur, au pauvre ami ! Comme ils débouchaient, vers les sept heures du soir, sur la place Royale, une voiture lancée à fond de train prit de côté « celui qui ne parle pas », et avant qu'il pût s'enfuir, avant qu'An-

dré et Marina terrifiés pussent inter-
venir, deux roues lui passaient sur le
corps.

André le ramassa dans ses bras et, la
petite princesse courant à ses côtés
dans la nuit, ils l'emportèrent, n'ayant
pas un mot à se dire, tant leur angoisse
était abominable, mais se sentant à un
degré prodigieux frère et sœur, car
celui qu'on venait de supprimer était
à cet instant ce qu'ils avaient de plus
précieux, l'un et l'autre, et une partie
qu'ils avaient en commun.

Ils entrèrent précipitamment dans
un hôtel ; on déposa à terre le Velu sur
de grandes peaux de bêtes ; il était
agité de sanglots, comme une personne.
André n'arrivait pas à distinguer où il
avait pu être blessé, car pás une goutte
de sang n'offensait son poil, et elle,

avec son indomptable optimisme, disait :

— Il n'est qu'étourdi.

Mais un valet s'étant avancé déclara :

— Il est mort du coup.

Alors elle se retira pour pleurer dans la chambre voisine, et André resta auprès de la pauvre bête, jusqu'à ce que Marina revînt, et il devinait bien que, comme lui, elle se retenait de le prendre dans ses bras.

Quand ils furent couchés et que leurs corps étaient pressés l'un contre l'autre, elle lui dit :

— Il était si poltron, le pauvre Velu ! il a dû mourir de frayeur, avant que la roue passât sur lui.

Et ils reprenaient le silence, en se serrant les mains car ils n'osaient pas se dire, ce qu'ils savaient pourtant si bien, que c'était un signe de malheur.

— De malheur ! oui, mais dorénavant,
ô ma chère amie, rien ne peut plus nous
séparer, car en nous il y a deux instants
confondus d'une sensibilité intense :
les nuits de Venise où tu prenais ma
fièvre en toi pour m'en débarrasser, et
nos baisers sur le cadavre du pauvre
Velu.

Elle lui dit, suivant leur commune
pensée :

— Je n'ai jamais cru que ce moment
arriverait... Je sais bien que tu ne
pouvais te contenter d'un petit cerveau
comme le mien ; si tu me restais, ce
serait pour toi la médiocrité. Puisse te
profiter le mal que tu vas me faire !

Et André, pendant qu'elle parlait,
ressentait une insupportable douleur,
et, pensant à ces cuillères montées en

levier dont on presse les citrons, il considérait que les circonstances comprimaient son cœur de cette même façon.

Fort avant dans la nuit, comme ils ne trouvaient pas de sommeil, elle lui dit :

— Ce soir termine un des bons moments de ma vie ; je veux te raconter quel a été mon autre moment de bonheur. Me connaissant un peu mieux, peut-être quelquefois tu penseras à moi.

Elle commença ainsi son histoire :

« Ma première habitation fut sous un bureau ministre, entre les tiroirs qui descendaient jusqu'à terre. Avec moi étaient le chien et les poupées, et de là j'observais, je cancanais et je brouillais tout le monde. Tous pourtant m'adoraient, car j'étais une petite fille prodigieuse de grâce.

» Je demeurais chez deux jeunes gens, le mari ayant trente ans et la femme vingt-deux, et moi, une petite personne de cinq ans. Je les appelais mon oncle et ma tante, quoiqu'ils fussent simplement des amis sans enfants à qui mes parents me cédaient, parce que j'avais beaucoup de frères et sœurs.

» Parfois on me menait en visite dans ma vraie famille. Je m'y promenais pomponnée comme un petit chien, et j'y débitais des sottises, parce qu'on ne pouvait pas me taper.

» Le bien de mes grands amis, le plus beau de solitude et d'arbres à fruits que j'aie vu, était situé près de Moscou, dans les champs de Borodino. De la longue maison à un étage dépendaient deux jardins, un verger et un parc anglais, avec une immense cour plantée de cerisiers pour les pauvres, « pour les passants », disait mon oncle. A quelque cent mètres, je jouais encore dans l'enceinte de l'église, où l'on enterrait les propriétaires du bien, et dans ses tours, embellies de légendes, où un vieux, mort de débauches, était revenant.

» L'oncle était un libre penseur, un « voltairien », comme il se qualifiait. Il jouait parfois le revenu de toute l'année. Il disait : « Je ferai son instruction et elle ne sera pas niaise. Elle saura qu'il n'y a ni Dieu ni Diable, et elle suivra les *théories de Descartes*. » Sa femme l'adorait et prenait très au sérieux ses devoirs envers moi. Quelle que fût mon éducation, elle disait que je n'aurais pas d'autre amie ni guide qu'elle. Et moi, depuis ma niche, les écoutant, je pensais : « Je serai une personne bien accomplie. »

» Ah ! moi, j'étais une petite guenon de cinq ans, très avancée, attrapant tous les cancans au vol.

» Et puis il y avait un fou, un frère de ma tante, qui avait perdu sa fiancée une semaine avant le mariage, en faisant une partie de rivière. Il buvait et, à ces moments, il voyait un diable dans son verre à vin. C'est lui qui m'a tenu le plus compagnie.

» Mes meilleures parties étaient, quand les maîtres allaient en visite dans le voisinage, de demeurer seule avec lui dans une grande pièce qu'on ne prenait guère la peine d'éclairer pour nous. Lui, très chauve, tout à fait négligé de barbe et de tenue, faisait des signes de croix sur son verre. Dans les premiers temps, j'avais peur, tout en me moquant. Je me rendais bien compte qu'il ne pouvait pas avaler un diable, mais il faisait si sombre dans cette salle !

» Ma tante ayant voyagé, je ne trouvai rien de mieux, à son retour, que de me plaindre qu'on m'avait fait des misères. Dès qu'elle mit pied à terre, je lui racontai que l'oncle avait donné une de mes robes en modèle pour la petite fille d'une dame — une petite robe décolletée à falbalas qui faisait l'admiration de tout le district — et que j'étais dégoûtée parce qu'à l'église la petite fille s'était assise à mon banc, habillée comme moi. Elle me répondit que ça n'arriverait plus, et, le lendemain même, mon oncle, m'ayant attrapé dans une pièce, me tira les oreilles.

» Dans ce temps, la tante a commencé à boire, parce qu'il perdait trop au jeu. Les médecins et chacun dans la maison firent l'impossible pour la dé-

tourner de l'alcool, qui la brûlait au
point qu'on était obligé de lui mettre,
toutes les heures, du miel sur la langue,
mais elle me disait : « Va, apporte-moi
un verre. » Elle en arriva à ne plus
quitter sa chambre, et c'est moi qui
transmettais tous les ordres. En même
temps que je l'aidais à boire, j'étais
espionne dans la maison, et elle m'envoyait écouter aux portes. Moi et la
vieille femme de charge, une ma-
niaque qui, pour conserver les vivres
le plus longtemps possible, ne donnait jamais rien de frais et ne servait
les œufs que couvis, nous rapportions
tout ce que l'oncle et la gouvernante
s'étaient dit à table : cela me donnait une petite fièvre d'amour-propre
de savoir les choses, et puis je détes-
tais celle-ci.

» La tante est morte un soir d'avril, vers les six heures. Elle est morte en pleine connaissance, et elle m'a tendu les clefs de sa cassette à bijoux en me disant : « Prends, et ne donne jamais à personne. » Et moi, la première chose que j'ai faite a été de courir commander des bougies à l'église. C'était juste à l'heure où les troupeaux rentrent des champs. Mais, malgré tout, j'avais une grande curiosité d'aller voir dans la cassette.

» J'y ai trouvé des fils de perles, une jolie montre en émail vert, une parure de rubis, des coraux rosés, mais surtout des perles. On ne porte plus de tout cela. Et pendant longtemps je défilais les perles et les donnais aux petites filles des voisins, pour qu'elles me fabriquassent des poupées de chiffons. On leur fait à l'encre les yeux, la bouche et le nez.

» Tandis que la morte était veillée, de l'autre côté de la maison l'oncle jouait aux cartes avec ses amis, parce que c'était un homme sans conscience. D'ailleurs, lui-même mourut très mal; il avait fait de mauvaises fréquentations.

» Le cercueil, à l'église, fut couvert de velours écarlate et de belles fleurs Debout au premier rang, je me sentais très fière. On me tenait pour que je n'allasse pas promener mes doigts sur le velours, mais je ne l'aurais pas fait, car j'étais impressionnée, et puis je me rappelle encore qu'il y eut une cuisine extraordinaire, préparée par tous les domestiques des environs, qui avaient accompagné leurs maîtres. Après le

repas, et quand les hommes faisaient
du bruit, je suis allée au cimetière
inspecter l'arrangement, et puis je
pensais qu'elle me voyait et que ça
faisait bien. A la campagne, d'ailleurs,
on se familiarise avec le cimetière,
c'est comme une chambre où l'on se
couche. Et puis la tante avait eu ses
beaux habits pour ce jour-là.

» Après sa mort, qui fut un grand
malheur pour toute ma vie, parce que
celle-là m'aimait, je devins le fléau de
la maison. Je faisais une scène, tous les
jours, à table, parce que la gouvernante
me servait, et que je pensais être, après
ma tante, la maîtresse. Dans ces premiers temps, on voulait remarier l'oncle,
et par mes propos, quand venaient des
étrangers, je faisais le possible pour
que ses mariages manquassent, car je

pensais : « C'est moi qui l'épouserai
quand j'aurai quinze ans. » Je couchais
dans la même chambre que l'oncle.
Quand j'avais des cataplasmes à me
mettre sur le ventre, c'est lui qui me
les mettait. Plus tard quand il prit
l'habitude de ne pas rentrer, je l'atten-
dais avec mon grand compagnon,
Petrowskof, celui qui allumait les
poêles, et c'est sur le matelas de celui-ci
que je passais la nuit.

» Peu à peu, il demeura toutes ses
journées à la ville, chez des filles ou au
jeu, je ne sais pas. Je trottais à travers
la propriété ; les paysans savaient que
c'était « notre demoiselle », et qu'il
fallait me ramener. S'il était absent,
je ne rentrais ni pour déjeuner, ni pour
dîner. Je mangeais chez les paysans, ou
à la grande cuisine de la dépendance

avec les marquaires, garçons de charrue
et filles de ferme. Tous me plaignaient à
cause de la gouvernante. Pendant ces
deux ans, je suis devenue tout à fait
sauvage, mes robes, trop courtes, et
ma peau, toute noire. Cependant, après
chaque repas, quand il était à la maison,
la coutume était demeurée que je
touchasse mes bonbons, sauf si j'en
avais été privée par punition.

» Après la mort de ma tante, et
comme les dettes augmentaient, on
louait le jardin à fruits aux marchands,
mais avec réserve expresse que je pourrais y circuler et y cueillir; je n'en
mangeais pas le diable. Justement il y
avait des pommes extraordinaires au-
dessus d'un puits; je grimpai un jour
sur l'arbre, et, la branche s'étant cassée,
je tombai dans le puits, qu'un jardinier

avait négligé de fermer. Ma jupe s'accro-
cha à la roue, je criai tant que l'on
vint me retirer ; il paraît que je faisais
là une étrange tulipe.

» C'est cette dernière aventure qui
décida mes parents à me reprendre. Je
les considérais comme mes ennemis,
car ma tante me disait : « Eh bien ! eh
« bien ! on te ramènera à la maison ;
« tu verras si on te donnera des robes
« de soie. »

» Quand on me dit que ma mère était
arrivée, le désespoir me prit, je partis
en hâte dans la campagne et allai
coucher chez le pope. Il fallut pourtant
me présenter à elle. A me voir, elle fut
stupéfaite, et ma sœur aînée disait que
je devrais être beaucoup façonnée
avant de faire une fille convenable.

» Vint le jour fixé pour le départ.

Après le dîner, les chevaux approchés
du perron sous les cerisiers, mon oncle,
ma mère, ma sœur et moi, nous mon-
tions en voiture, quand des dépendances
arrivèrent tous les domestiques pour
m'offrir des fruits et me baiser la main ;
et ils étaient désolés. J'allai embrasser
dans leur niche tous les chiens. Pour le
fou, je ne me rappelle plus ce qu'il
était devenu ; je crois qu'il dégoûtait
particulièrement ma mère.

» Quand nous fûmes arrivés à notre
maison de la ville et que l'oncle me dut
quitter pour rentrer chez lui, je me suis
caché la figure dans son chapeau et
j'envoyais des coups de pied... Enfin,
j'ai mal servi ma cause, il fallait peut-
être me montrer plus convenable.

» C'est ainsi que je rentrai dans ma
famille, et moi, qui avais toujours vécu

avec des grandes personnes, j'étais
écœurée de tous les enfants qu'il y avait
à la maison.

» Longtemps après, au milieu de mes
parents et plus tard encore, les rêves
qui me donnaient le plus d'angoisse
c'étaient les jardins de là-bas. Ils
furent pour moi comme une Jéricho
pour les Juifs. Et quand je fus mariée,
je dis à mon mari, qui s'agenouillait
devant mes caprices, que je connaissais
un bien qui n'était certainement pas
en très bon état, mais qui me ferait
beaucoup de plaisir. Il me donna toute
la somme qu'il put et je recherchai les
héritiers de mon oncle.

» Ils avaient mis la propriété en
vente ; il y avait eu des maladies dans
les jardins, et la maison avait moisi

faute de soins. Ce n'étaient plus que de pauvres champs autour d'une grange. En outre, l'oncle était mort misérablement sous la dépendance de la gouvernante, et, dans les derniers temps, il n'avait plus de chemise à mettre.

» Voilà tout le souvenir que j'ai pu recueillir, et j'ai eu le malheur de voir sa photographie de mort qui était hideuse. »

Quand la petite princesse eut terminé son histoire, elle pleura. Et ils demeurèrent ainsi dans la souffrance, évitant d'exprimer leur pensée.

Seulement, au matin, elle lui dit qu'elle ne savait pas ce qu'elle allait devenir et si elle continuerait à habiter Paris, et qu'alors elle le priait de se charger de son chien, *le Repasseur*, sachant qu'il veillerait à le rendre heureux.

Et comme il l'en assurait avec quelque émotion :

— Il est vrai, dit-elle, qu'il est moins beau que le vôtre, mon cher, mais vous n'avez pas si bon goût à l'ordinaire.

André, en la quittant, fut heureux qu'elle retrouvât ainsi un peu d'impertinence, car aurait-il pu supporter de la laisser anéantie et douce dans les oreillers de cette chambre d'hôtel?

CHAPITRE IV

EN BAVIÈRE OU SENSIBILITÉ
DES RÉFORMATEURS ALLEMANDS

Peu de jours après, André se présentait à la loge de l'avenue Montaigne, où il trouvait un chien dédaigneusement couché à terre devant un monceau de débris de lapin, tandis que le concierge, sa femme, leur petite fille et des invités, assemblés autour d'une table, s'empressaient chacun des deux mains et de la bouche à lui faire des os. C'était le Repasseur, ainsi nommé de sa basse extraction et de qui André, une fois de plus, entendit l'histoire.

Ce brave garçon de chien avait été

131

distingué dans la rue, un jour de pluie.
par Marina. Très grave, il gardait la
charrette d'un remouleur qui entrait
dans les maisons pour prendre ou
rapporter les couteaux, et, couché entre
les roues, ne bougeant jamais, le poil
sale, ébouriffé, il formait une pelote
où il n'y avait de vie que les yeux
toujours observant les passants. Chaque
matin, il descendait à l'ouvrage en
ville et gardait les outils. On l'appelait
« le compagnon ». Ce bâtard aux grosses
pattes, affamé et fréquemment battu,
avait un bon cerveau dont fut touchée
Marina, qui, l'ayant acheté, le baptisa
« Repasseur » en souvenir de ses années
d'apprentissage. Le patron déclara
qu'il s'en séparait, non pour l'argent,
mais parce que le compagnon était trop
gourmand, et puis avait chez un rem-

pailleur de chaises une amie qu'il
allait visiter tous les jours.

Il faut en convenir, le Repasseur s'en-
gourdit de la bonne chère et de l'extrême
indulgence de sa maîtresse. Il passait la
moitié de sa vie sur le rebord de la
fenêtre avec une énorme balle dans la
gueule, et, s'il se sentait fatigué, la
lâchait et s'endormait dessus. Une de
ses occupations, c'était encore, quand
on touchait à la cage des oiseaux, de
faire le beau pour qu'on les lui donnât.
Surtout il émerveillait le concierge par
son amour des pièces monnayées,
argent et or, qu'il empoignait avec
sa bouche. Trait mystérieux, un peu
choquant. Avait-il été dressé à les
ramasser sous les pieds des ivrognes
dans les cabarets? Les personnes qui ont
eu des soucis d'argent dans leur jeu-

nesse en gardent toujours une légère
tare extérieure.

Conformément aux ordres reçus de
Turin, la concierge remit le chien à
André, et bien souvent, dans ces premiers temps, le jeune homme comparait
mentalement le Repasseur à feu Velu.

Chez ce dernier dominait l'instinct
de propriété. Touchait-on son panier,
il reculait, et si l'on insistait, il s'y
couchait pour affirmer ses droits. Il
avait l'estomac d'un enfant très faible,
il fallut beaucoup le soigner ; il eut une
maladie de langueur dont il ne sortit
que par le traitement de viande.
Pourtant peu porté sur la bouche, il
préférait au sucre des gentillesses telles
que « Velu, le beau Velu, le plus beau
des chiens ». Il était très attaché à la
personne qui le soignait, avec une ten-

dance aux amours ancillaires. Enfin,
issu d'un des premiers chenils de France
et honoré d'un pedigree fort beau,
il était plus brillant, mais pour le fonds
moins débrouillé que le Repasseur.
L'un et l'autre, toutefois, en dépit de
quelques gamineries de bêtes bien
nourries et dans cette aménité qu'on
leur montrait, étaient marqués des
mêmes traits, qui allaient jusqu'au
cœur d'André : c'étaient sur leurs
fronts des rides profondes, et au fond
de leurs yeux une gravité. Tous deux,
en effet, de leur série d'ancêtres, gardaient une inquiétude sur les conditions de leur prochain repas. Sous
leurs poils tombants de caniches, leur
constant souci était : « Mangerons-
nous ce soir? » Et André, rassurant le
Repasseur, s'excusait de l'enlever à une

maîtresse auprès de qui il était heureux.

Ce chien lourdaud et ignorant du frisson nerveux qui jette toute bête de race aux pieds du maître s'attacha pourtant à celui qui le nourrissait avec bonté, et, une nuit, s'étant glissé jusqu'à l'oreiller d'André assoupi, il lui murmura comme une muse de la Restauration : « C'est moi, ne le dis pas. » La tristesse avait-elle apporté à André le don sublime de faire parler les bêtes? Dès ce jour, le Repasseur devint Velu II.

Dans le même temps, André épousa Mlle Claire Pichon-Picard, avec l'assistance de quelques amis intimes (le député Philippe, le viveur Cazal, et pour Claire, le vieil Adrien Sixte).

Puis ils partirent pour l'Allemagne.

De cet aventureux Saint-Simon, et
du touchant petit vieux Fourier, Claire
et André gardaient de la fièvre, une
chaleur d'âme, analogue au joli trouble
de jeunesse qui révolutionne les enfants des ports accoudés sur *Robinson
Crusoé.*

André en outre avait atteint le bénéfice particulier qu'il se proposait. A
écouter, en compagnie de cette jeune
femme, ces interprètes enthousiastes
de l'avenir, il avait distingué les parcelles de leurs idéologies que s'est déjà
assimilées la sensibilité moderne. De
ces rêves de cabinet, devenus les désirs
et les besoins de tant d'êtres, il se disait :
« La société les réalisera, car le pommier

137

qui veut sérieusement sa pomme toujours aboutit. »

Claire, avec les nuances un peu par-
ticulières de son âme, toute dépourvue
de scepticisme, modifiait légèrement
cette opinion d'André et substituait à
l'idée de transformation celle d'amélioration : « Oui, encore quelques efforts,
et le bonheur régnera sur la terre. »,

« Mais par quelle voie? » se deman-
dait-elle. Cette inquiétude servit à
André de prétexte pour leur voyage en
Bavière. C'est en effet la prétention du
socialisme allemand, et on la lui passe
généralement, de se conformer à la
nature réelle des choses au lieu de se
plier sur des rêves sentimentaux; il
s'intitule une science pratique, par opposition aux rêves chimériques de nos
humanitaires, de 48. André était fort

curieux de constater dans quelle mesure
cette méthode a pu hâter les modifi-
cations de la sensibilité allemande, et
d'apprécier son effet sur une personne
qu'impressionnaient si fortement les
réformateurs français.

En Allemagne, à cette heure, les
« chefs socialistes » sont des hommes
politiques, tout accaparés par la re-
cherche des expédients qui, au jour le
jour, peuvent réaliser les doctrines des
Lassalle et Karl Marx, auxquelles ils
ont plus retranché qu'ajouté.

La jeune femme d'abord, sur la foi
des biographes qui mêlent de romanesque la vie de Lassalle, s'éprit de
cet agitateur juif, dont André dut
établir le bilan :

1) Une incontestable facilité d'assi-

milation, et, dans les choses de philosophie et de chiffres, où il était fort
à l'aise, le don de brillanter et de vul-
gariser ;

2) Une allure fâcheuse de viveur
romantique, voire de ténor, qu'agrée-
raient des imaginations byroniennes ;

3) Du snobisme : il ne lui suffisait
pas de s'exalter à composer son moi et
de propager à travers le monde ces
réductions de son âme qu'on appelle
un système ; ce révolutionnaire voulait
prendre place dans l'organisation sociale. Et voilà un des puissants mobiles
de son mariage qui l'eût installé dans
la société, lui juif et révolté ;

4) Toutefois, dans ses dramatiques
amours avec Mlle Hélène de Dœnniges,
comme dans ses polémiques, Lassalle
relève d'un beau coup de rein son

allure de vaniteux : j'aime ses âpretés,
son frémissement sous toute main qui
le touche, et cette crise de fureur,
après quoi il courut s'empaler.

— En somme, dit la jeune femme,
vous admettez son intelligence?

— L'instrument était excellent ; sur
ce point je ne chicane pas.

— Vous goûtez son irritabilité, son
froissement?

— Oui, c'est ce bondissement intérieur qui permet de s'intéresser à Lassalle.

— Alors, votre reproche se limite à
son amour de la hiérarchie sociale, et
à son romantisme. Mais c'est tout
Disraéli !

— Permettez, permettez ! Disraéli se
composait de la vie une imagination
sensuelle et chimérique. Là-dessus sa

délicieuse autobiographie d'*Endymion*
est décisive. Comparez-la aux lettres
et au journal de Lassalle? Si Disraéli,
mieux qu'aucun homme, sut jouer de
la société, ce fut toujours un jeu, c'est-
à-dire une action passionnée, mais désin-
téressée, quand même! Poète, dandy,
ambitieux et manieur d'hommes, ce mé-
prisant Disraéli gardait le don de mettre
chaque chose à son plan : il ne dépendit
jamais de rien. Lassalle, au contraire,
outre qu'il prit des attitudes d'un bas
mélodrame, se satisfit pleinement des
choses. Ah! ne confondons point le
goût de l'artificiel, la capacité de vivre
plusieurs vies poussées toutes en beauté,
avec l'hypocrisie d'un glouton qui se
dégrade en vingt-cinq postures pour
parvenir à un seul but. Avoir beaucoup
d'avis, cela est joli; avoir plusieurs

façons de parler, ce n'est que mensonge. L'homme qui me plaît, je le compare à une belle troupe dramatique où divers héros tiennent leur rôle, pour rien, pour employer leurs forces, mais je repousse un ventriloque qui sur des tons différents sollicite un bénéfice... Jugez d'ailleurs, conclut André par un trait heureux, classez la physionomie de Lassalle.

Et il tendit une photographie à la jeune femme.

Elle recula d'horreur. C'était, en effet, une mauvaise figure, blême et envieuse, de juif de banque et marquée de tous les signes d'un disputeur sans expansion ni mouvement généreux. En elle, sur l'instant, s'effrita le Lassalle byronien ; elle reconnut le collégien qui prêtait à ses camarades des sous à un taux usuraire, le facile cynique qui s'admirait comme fait un ténor.

— D'ailleurs, dit-elle, il a aimé une sotte.

— Pour cela, répondit André, ça ne lui est pas particulier ; c'est l'effet que produisent toujours les amours des autres.

Ils préférèrent Karl Marx, un homme de bureau et de science.

Ces intelligences juives ont un caractère commun que chacun peut distinguer chez les israélites intéressants de son entourage. Ils manient les idées du même pouce qu'un banquier des valeurs. Elles ne semblent pas, comme c'est l'ordinaire, la formule où ils signifient leurs appétits et les plus secrets mouvements de leurs êtres, mais des jetons

qu'ils trient sur un marbre froid. Non
point qu'ils ne goûtent et ne com-
prennent l'idéologie, mais elle ne les
échauffe pas. L'avantage, c'est que leur
jugement reste fort net, sans cette buée
que l'enthousiasme met sur la clairvoyance de tant de penseurs. Le juif
ne s'attache à aucune façon de voir;
il n'est que plus habile à les classer
toutes. C'est l'état d'esprit d'un homme
habitué à manier des valeurs. Le juif
est un logicien incomparable. Ses raisonnements sont nets et impersonnels,
comme un compte de banque. Prenez
l'*Ethique*, le *Capital*, les articles de
M. Naquet, il serait infiniment plus
difficile de reconstituer la personnalité
de leurs auteurs qu'avec aucune œuvre
pour d'autres écrivains. Si la biographie
de Spinoza par Colerus est exacte,

10

du moins n'est-elle nullement nécessitée
par l'œuvre de ce penseur. Sans rien
contredire de son éthique, on pourrait
imaginer fort différente sa physionomie
— ce que, pour ma part, j'incline à
croire. Nul comme Spinoza ne semble.
avoir excellé à approprier son ton à ses
familiers ; il rendait à chacun la monnaie
de sa pièce. C'est par la même raison
que les visiteurs de Karl Marx, ayant
vu les uns un bonhomme, les autres un
Méphisto, s'accordent si mal dans les
portraits qu'ils en donnent.

Ces juifs, exclus de la société féodale
et de la légiste qui ont précédé notre
temps, n'en retinrent aucun préjugé.
La notion du point d'honneur et celle de
justice leur sont inconnues. Ils sont
tout entiers dans la notion du possible
et de l'impossible ; ils calculent des

forces. Ainsi échappent-ils à la plupart
de nos causes d'erreurs. De là leur
merveilleuse habileté à conduire leur vie
et la faculté logique de leur cerveau.
De là aussi, par un autre côté, leur rôle
dominant dans la Révolution psy-
chique qui se prépare.

Lassalle, Karl Marx, c'est le changeur
d'Holbein qui fait sonner une idée, et,
sur son poids (son usure, son change),
la classe. Plus particulièrement, ils ont
passé au trébuchet les principes de
l'économie politique.

Mais, dans leur œuvre, Claire se
sentait envahie par le froid. Comment
eût-elle satisfait là les sentiments d'enthousiasme qui l'avaient entraînée dans
cette enquête et que tout d'abord
avaient fortifiés Saint-Simon, Proudhon,
Fourier? Elle en fut glacée comme d'un

traité de géométrie. D'autant que des
formules où ils serraient tout ce qui
milite pour le socialisme, les durs logi-
ciens juifs crurent devoir éliminer les
notions de pitié, de justice, d'enthousiasme, soit qu'ils jugeassent l'appel
au cœur peu compatible avec cette
besogne de raison pure, l'expression
des besoins économiques, tâche jusqu'alors mal traitée qu'ils se réservaient,
soit qu'avec certains esprits ils n'atta-
chassent pas une valeur scientifique
à ces éléments qui sont pourtant de
vraies parcelles de l'humanité, auxquelles on ne saurait objecter que
d'avoir été jusqu'ici invoquées en
termes vagues et ampoulés.

Quelque raison ou instinct qui ait
ainsi limité aux appétits matériels les
fondements qu'ils donnent à leur

réforme, ceci s'est produit que les
ouvriers allemands, à leur tour, ne
recevant d'arguments que pour dé-
fendre leurs appétits, ne voyant de
drapeau levé haut que celui de la
révolution économique, ont semblé ne
plus se préoccuper que de celle-ci, et
que le socialisme a paru réduire le parti
des idéologues au parti du ventre.

L'antithèse, dès l'abord, se présenta
avec cette violence, et ils en furent
choqués, surtout la jeune femme si
grave, si contenue, et qui eût senti une
honte insupportable de se surprendre
des préoccupations de table ou de
toilette. C'était idéalisme d'adolescent,
maladresse dans les choses matérielles
et extrême habitude de simplicité. Le
trait vraiment touchant, c'est le peu
de cas qu'elle faisait d'elle-même. Pour

lui, avec son éducation, épurée jusqu'au
desséchement, d'Italien et d'Espagnol,
qui ne lui laissait rien considérer que
du point de vue de la beauté, et, ajou-
tons-le, avec son sang tout âcre satisfait uniment d'eau pure, de riz,
d'oranges et citrons, de sucreries et de
tabac, il ne parvenait pas à concevoir
le bonheur futur de l'humanité sous
l'aspect d'une kermesse, ni à rétrécir
son ardeur vers l'idéal à une campagne
pour le ventre, quoiqu'il sût bien, par
Dieu! que pour les misérables la première condition, c'est le pain, la viande
et l'alcool.

Auprès d'une modification complète
de l'état mental, la satisfaction du
ventre n'est pas un but suffisant. Même
que ce programme ébranlât les masses,
ils en doutaient, eux Français, habitués

qu'on prît comme levier l'idée de justice, de fraternité, ou tel autre sentiment
de 48.

Peut-être se faisaient-ils de la nature
humaine une idée incomplète? Au bout
de quelques jours, Munich parut agir
sur eux. Dans l'étonnant salon rococo
du « restaurant Albert », André eut le
sentiment du ventre. La nuit tombait.
Ils dînaient à la lampe près des fenêtres
ouvertes, ils avaient beaucoup mangé,
mais un vent frais caressait leurs
fronts. André glorifia le peuple allemand d'avoir compris qu'après le rôti,
toujours un peu gras, quelque chose
d'acide convient, et d'avoir substitué
à notre salade nationale de délicieuses
confitures aigrelettes. Dans ce bien-
être que je mentionne pour mémoire,
il envisagea mieux les mœurs d'Alle-

magno, et se sentit un peu de l'âme qui
les nécessite ; il avoua à Claire que le
ventre existe et peut, après entraîne-
ment, devenir le point sensible. « Je
m'explique, lui disait-il, qu'avec leur
vision si nette des forces les agitateurs
juifs aient mis là le doigt. Chez nous,
Français, la dominante, c'est la vanité ;
de là notre rêve : égalité, notre cri :
justice. Ici, c'est l'appétit ; de là leur
rêve : bien-être, leur cri : améliorations
matérielles. »

Mais si, par leurs parties basses,
Claire et André prenaient contact avec
l'âme allemande, c'est dans les musées
qu'ils allaient l'aimer.

La jeune femme, trop inexpérimentée
pour savoir qu'on ne connaît rien des
hommes par leurs raisonnements, mais
en s'ingéniant à partager leur sensibi-

lité, ramenait toujours aux théories de Lassalle et de Karl Marx. Comment ces sécheresses livresques eussent-elles accaparé André, sur la poitrine de qui pesait encore la douce tête d'une femme pleurante ! Sa méthode de sociologue et ses souvenirs d'homme sensible étaient d'accord pour l'attirer vers les manifestations artistiques de ce peuple. N'y a-t-il pas un rapport certain entre le décor qu'une race demande à ses artistes et l'utopie qu'elle porte en soi?

Un jour, dans certain tableau de l'école de Cranach, les onze mille vierges groupées autour de sainte Ursule lui apparurent un tas de petites amies de Marina. C'est ainsi qu'il s'imaginait l'école où elle grandit. Sans doute, elle est Russe, mais pour un Latin ces races se confondent dans la qualité d'étran-

gères, et quoiqu'il sût ce que Marina
avait de commun avec lui-même et que
celles-ci ne possèdent pas, quoiqu'il
distinguât encore par quoi elle demeu-
rait particulière, il fut assez frappé des
points où s'accordent ces Allemandes et
cette absente pour qu'elles lui devinssent
sympathiques.

Leurs fortes têtes rondes, d'un coloris
éclatant et sain, le mêlaient d'atten-
drissement et de pitié sensuelle. Doux
bétail, ces vierges de Cologne ! doux
bétail encore, à la Pinacothèque, cette
famille royale de Bavière, de mines
aimables, si peu insolentes ! Ah ! Marina
en plus a les nerfs, le ressort, la frénésie, mais elle est bien de ceux-ci
quand elle dit : « Je n'aime que trois
choses : la peluche, la soie et les four-
rures ».

Ainsi l'image de Marina, évoquée
dans l'atmosphère allemande, l'illumi-
nait pour André. Alors qu'il s'épaissis-
sait avec ces socialistes qui préparent le
bonheur futur comme un festin de
noce, le souvenir de Marina fut une
goutte d'ammoniaque versée dans son
verre à la suite d'un repas trop lourd,
et qui restitue à l'esprit sa lucidité.

Cette jeune femme, à Sainte-Pélagie,
lui avait beaucoup parlé de son temps
de petite fille au couvent, et l'image
qu'il en avait gardée approchait assez de
cette naïve sensibilité, faite d'appétits
matériels et d'instincts libres, au milieu
de laquelle s'est installé le socialisme
juif. Ce pensionnat lui servit à suivre
de plus près la qualité de l'âme allemande, et il y transportait Claire.

Il se rappelait que dans cette pension

il n'était pas permis de dépasser une
dépense de trois sous par jour, et que
l'unique préoccupation des jeunes filles
était d'augmenter leurs satisfactions,
d'outrepasser ce contrariant minimum.
On envoyait le soldat de garde, avec
des agaceries qui touchaient en lui le
papa et le beau militaire, auprès d'une
marchande de légumes, et il achetait un
gros navet, une belle carotte. Étaient-
elles surprises avec ces étranges fruits
défendus, pendant trois jours, pour
leur honte, elles les devaient porter au
cou.

Eh bien ! ce navet dérisoire, le pen-
drons-nous sur la poitrine du jeune
socialisme allemand, qui lui aussi veut
manger plus que les dures lois capita-
listes ne permettent?

Non, répondait-il, ces petites filles

ont raison de soigner les instincts de leurs jeunes ventres, et leur gloutonnerie m'agrée mieux que la coquetterie de nos pensionnaires françaises, qui ont déjà les vices de la dix-huitième année sans en offrir les commodités. La sensualité prête à des gestes charmants, encore faut-il qu'ils correspondent à un sentiment sincère. A dix ans, je n'admets que les sensualités de bouche. De même ce qui justifie de leurs vulgaires revendications ces pesants Bavarois, c'est qu'ils ont l'élan naïf, l'angoisse du Velu en face d'une assiette qui fume et qu'on lui interdit.

Puisqu'elle est la défense du moi, l'effort à réaliser des conditions hors desquelles l'individu se diminue ou disparaît, cette « campagne du ventre » vaut un mouvement religieux vers la justice. Ce navet au bout d'un cordon, acceptons-le comme un signe sacré.

« Je sais un couvent, continuait-il, — et c'était toujours la pension de Marina, — où, le jour de Noël, les grandes s'agenouillaient à la messe de minuit, et cierges en main, processionnaient dans les longs couloirs. Mais les très jeunes demeuraient dans leur lit, parce qu'elles n'avaient pas l'âge de veiller. Alors les dames surveillantes étant à la chapelle, toutes ces petites se relevaient, mettaient en commun les friandises envoyées par leurs familles pour ce saint jour, et, — se groupant aux cabinets, une vaste pièce bien éclairée où nul ne viendrait les surprendre, — recouvraient les sièges de serviettes, étalaient leurs provisions, et jacassaient, mangeaient, faisant leur fête et leur commu-

nion comme de petits pourceaux. C'était
leur heure de joie, de bonté qu'il faut
protéger tout autant que l'extase mystique, d'allure infiniment plus noble,
dont étaient possédées à ce même
instant leurs amies aînées, filles parve-
nues à l'âge de la pudeur. »

Ces anecdotes, qui se sentaient plus
du milieu bavarois que du ton ordinaire
d'André, surprenaient la jeune femme
au moins autant qu'elles l'amusaient,
et, si elle entendait le parallèle et les
analogies, elle distinguait mal par
quelle secrète voie sans cesse il retournait hors d'Allemagne à ses imaginations.

Eût-elle compris les choses d'art,
elle ne se fût pas moins étonnée qu'il
préférât à l'Ancienne Picacothèque la
Nouvelle, où ne sont que des tableaux

modernes. « La première, disait-il, me
donne l'idéal mêlé de tous les peuples,
et surtout des grandes races méridio-
nales; mais dans l'autre je touche le
secret de Munich, la façon dont ce
peuple parerait son paradis. » Ces
tableaux lui restituaient l'atmosphère
même dont l'avait baigné la petite
princesse. Ce qu'elle lui avait appris à
comprendre, c'était ce goût particulier
à toute l'Europe centrale et que satisfait l'art viennois, si humain, si familier
et alourdi encore vers le Nord des
complications décoratives de Dresde.
Trop compacte dans ses magnificences,
cette civilisation vaut par l'ingéniosité
dans les menues commodités, et par une
galanterie un peu basse qui ne nuit pas
à la douceur de vivre. Dans chacune
des compositions de la Nouvelle Pinaco-

thèque, André retrouvait ce côté de
jeune femme qu'il appelait parfois et
par plaisanterie « petite baronne allemande », à propos d'une certaine complaisance qu'elle montrait pour de trop
beaux bas de soie, pour de trop éton-
nantes chemises de crêpe : non pas
laides, mais trop somptueuses pour ce
goût pur, un peu froid et étriqué, que
nous disons goût français.

Devant telle composition de Mackart,
accablante de bêtes et de fruits entassés,
il rêvait de ces façons lourdes, sensuelles
et aisées qu'elle avait de ramasser ses
pieds contre ses reins, parmi des étoffes,
tout richesse et splendeur, cassées, bru-
talisées contre sa chair.

Ah ! que la grâce sinueuse d'Italie lui
paraissait sèche et maigre dans cet état
de conscience où le mettaient la Nou-

11

velle Pinacothèque, les revendications
du socialisme et le souvenir de Marina
fortifié par l'absence ! Comme il s'ex-
pliquait maintenant que cette fille du
Nord, toujours préoccupée de commodités ornées, d'objets usuels très prati-
ques et très incommodes, n'eût rien
apprécié au rêve superflu et raffiné de
Venise ! Lui-même, à cet instant, pour
percevoir la saveur florentine, n'eût-il
pas dû se dégraisser le palais !

Ainsi le sentiment qu'il gardait de
Marina avait permis à André de ne pas
s'enfermer, comme dans une coterie,
dans sa race. Grâce à la compréhension
que lui faisait son amour pour cette
étrangère, il n'était pas désorienté hors
de l'atmosphère où était éclos son rêve.
C'est l'enseignement de toute beauté

exotique. Beaux yeux des Roumains
qui troublez, sur le boulevard Saint-
Michel, le cœur des petites filles françaises, vous rompez pour elles ce qu'a
de trop étroit leur orgueil national.
Mais Marina ne lui éclairait pas seulement l'Allemagne, elle lui révélait sous
les brumes tout l'humain et l'universel.

Par certains traits si âpres et forcenés,
qui soudain contredisaient en cette
enfant du Nord la noble civilisation
viennoise, André percevait nettement
qu'il reste une humanité en dehors
même des systèmes qu'il embrassait
déjà. Elle lui indiquait un au-delà, des
pays mystérieux, et les lui faisait aimer.
Ainsi empêchait-elle qu'André de-
meurât atone devant l'horizon. Pour
lui, elle donnait un sens à l'inconnu.

Il se rappelait que, petit collégien,

les jours de sortie, il s'attardait déjà
aux vitrines des papetiers, non pas
à regarder les filles de théâtre si laides
de vulgarité, mais la série des princes
ou des hommes d'Etat européens :
sans curiosité de surprendre le secret
de leur génie et parce que leurs physio-
nomies si diverses et tant de races
mêlées l'émouvaient profondément. La
vue de tous ces types éveillait en lui
fort avant une inquiétude, un désir
de se mêler à toutes ces humanités qui
ont pour nous quelque chose du mystérieux d'une étrangère excitante.

Profonde sensualité dont est vêtue
celle qui naquit au pays des songes
épais et parmi les barbares impurs !
Elle vient du côté du monde où tout
est puissance de détruire ; puis, en
pressant dans mes bras cette étran-

gère, je sens que je vole ma race, je
participe à la grande confusion où se
plaît la nature, dans son mépris de
nos divisions administratives. La violence de notre plaisir mêle deux sèves
préparées par une longue suite de vies
contradictoires. C'est l'ardeur malsaine
des vainqueurs se mêlant aux peuplades
qu'ils traversent.

O ma chère Marie au nom barbare !

Il est un faubourg près de Prague, je
ne sais ni désire son nom, mais tu me
disais que c'est un faubourg très doux
en automne, avec des arbres verts et de
mélancoliques paysages pleins de fruits.
Et là, par un soir bleuâtre, que tu
laissas enveloppé de mystère, ce fut
une des heures les plus enivrantes de
ta vie... Je voudrais aller à Prague et
dans un pays nouveau pour m'y atten-

drir de choses sur lesquelles pas encore
je ne me suis attendri. Voilà jusqu'où
tu me mènes, Marina. Il est, plus loin
que l'Allemagne, des pays où je serais
rempli du bonheur qu'on voit dans
les contes. Il y a, plus loin que la satisfaction matérielle, le plaisir de partager
de la mélancolie. Au delà d'une amante
avec qui l'on jouit de la vie, il y a une
sœur avec qui l'on pleure.

Que d'autres s'inquiètent des excès
d'audaces des marxistes ! Maltère les
trouve modérés, si modérés qu'ils ne
l'intéressent pas.

Claire, en qui l'École de droit à
laissé des parts de scrupule, voudrait
vérifier leurs calculs, s'assurer qu'ils ne
sont pas des extravagants, des organi-
sateurs d'impossible. Tel n'est pas le
souci d'André. Il admet aisément que

les personnes compétentes trouveront
quelque subterfuge pour réaliser ces
réformes du capital et de la propriété,
sitôt que tel sera le vœu précis de la
majorité. Et, pour avoir le ventre satisfait, approcherons-nous de notre
perfection? « Notre mécontentement,
répondait-il, fait bien voir que non.
Le bénéfice du marxisme, nous l'avons
escompté. A nous qui ne manquâmes
jamais du nécessaire, il faut mieux
qu'une humanité où l'on ne meure pas
de faim. Les besoins matériels con-
tentés, il reste de donner à notre sensibilité ces satisfactions psychiques
qu'elle réclame. » En d'autres termes,
du point de vue d'André, la réforme
économique poursuivie par les socialistes allemands, pour être essentielle,
n'en est pas moins secondaire, et,

avec ceux d'école française, il réclamait
une réforme mentale complète.

A ce degré de leur enquête, André
Maltère sentit jusqu'au malaise son
impuissance à trouver une conception
de la vie qui satisfît l'ensemble de ses
instincts, dont il possédait une vue
fort nette, et qui conciliât ses inquié-
tantes antinomies.

Un de ces matins, à Nuremberg, le
plus insignifiant magasin de jouets fit
remonter en lui, du profond de sa petite
enfance, ses impressions puériles, dont il
reconnut qu'elles avaient changé d'objet,
mais non pas de qualité. Devant cette
vitrine, il se rappela les journées
d'étrennes, si vides derrière les tristes
vitres de janvier, alors qu'épuisé d'avoir
trop désiré les arches de Noé coloriées,

il avait connu la désillusion des mains pleines. En était-il resté ébranlé pour jamais? C'était ce même inassouvissement douloureux qu'il avait connu de sa maîtresse dans les ruelles de Venise, quand il rêvait de chercher par le monde un bonheur plus complet. Se sentant à l'étroit dans les bras d'un seul être, il avait voulu entrer en relations avec d'autres hommes, avec tous les hommes. A leur contact, pensait-il, son moi trouverait seulement son aise et son équilibre. Espoir déçu. Aucun des systèmes sociaux qu'il venait d'étudier ne lui offrait sa patrie morale. Il avait toujours le mal du pays, d'un pays que nul réformateur ne savait lui proposer.

Claire s'aperçut-elle que l'humeur d'André contre les socialistes était plus grave qu'il n'eût convenu, s'il leur reprochait simplement de ne pas dépasser la question économique?

— Vous accordez, disait-elle, que c'est un premier pas indispensable. Remerciez-les, au moins, de l'avoir franchi.

— Ah! répondait André, des demi-bienfaiteurs sont aisément des malfaiteurs! J'entrevois qu'ils imposeront au monde une règle morale, comme ils lui proposent une règle économique. Pour les choses du ventre, chacun subissant les mêmes nécessités, une règle composée d'après les besoins de la majorité serait substituée avec avantage au désordre économique actuel. Mais ces impérieux socialistes ne mettront-ils pas aussi l'autorité au service des façons de voir de la majorité? Les dissidents, devront-ils se courber?

Détruira-t-on les acquisitions du passé, honnies de la masse, mais qui enchanteraient encore quelques individus? Et avec ces retardataires, excommuniera-t-on les esprits d'avant-garde? Et que réservez-vous aux excentriques qui, par frénésie d'individualisme, se dérobent à toute façon de sentir accréditée? Société tracée au cordeau! Vous offrez l'esclavage à qui ne se conforme pas aux définitions du beau et du bien adoptées par la majorité. Au nom de l'humanité, comme jadis au nom de Dieu et de la Cité, que de crimes s'apprêtent contre l'individu!

Et tenez, s'écriait André, dans une rue de Munich où ils examinaient la vitrine d'un photographe, ce Louis II qui, lui aussi, se retournait avec malaise et sans trouver de repos, en quoi, dans

l'univers du socialisme allemand, trou-
verait-il un meilleur oreiller?

Claire fut suffoquée. Mêler le cas de
Louis II à une enquête socialiste !

— C'était un artiste, un aristocrate,
objectait-elle.

— C'était un insatisfait, d'abord.
Artiste et aristocrate, peut-être, mais
ensuite, car ce sont là des catégories
étroites et qu'aujourd'hui embrasse la
précédente. D'ailleurs mettrez-vous
hors de votre souci aucun homme?
Toute souffrance mérite nos soins,
comme toute utopie notre curiosité.
Où voyez-vous que nous devions, avec
le socialisme politique, nous limiter
dans la classe ouvrière? Composant
une coquille à son moi, ce prince m'inté
resse autant que Fourier qui organise
son phalanstère.

VOYAGE IDÉOLOGIQUE AUX CHATEAUX
DE LOUIS II

La répugnance de Claire venait d'un défaut de compréhension, elle saisissait mal les liens qui joignent Louis II aux Bavarois. Voyant avec quel relief ce roi se détache sur la platitude de ces bonnes gens, elle le tenait pour un accident, et concluait à ne point se préoccuper du sort d'un monstre, c'est-à dire d'un être qui, par définition, est en contradiction avec son milieu et sa race.

Raisonnement contestable et d'ailleurs mal assis. Il y a en Bavière beaucoup de Louis II. Ce jeune homme

tenait tous ses éléments romanesques
de ce sol et de cette race, et c'est pourquoi si vite sa légende se mêla aux
aspects principaux du pays, comme son
image en décore les auberges et les
salons. Enfin, s'il est devenu populaire
auprès de certains esprits dans le monde
entier, c'est que, avec les différences
de temps et de race, des tempéraments
analogues apparaissent à toutes les
époques et dans tous les pays.

Cet emportement hors de son milieu
natal, cette ardeur à rendre tangible
son rêve, cet échec de l'imagination
dans la gaucherie de l'exécution, c'est
moins un cas particulier à Louis II que
le caractère d'une des plus nobles
familles humaines. Et pourtant ce roi
rêveur, qui s'obstina dans les efforts
les plus fastueux et les plus vains pour

réaliser son rêve, où mieux eût-il pu naître que dans cette lourde Bavière intoxiquée d'esthétique et qui, rougissant d'elle-même, préférant ses conceptions cérébrales à sa nature, a voulu bâtir un beau palais, une ville entière à Hélène — à Hélène qui ne vint pas au rendez-vous?

Et comme le néo-hellénisme de Munich forme une bonne illustration et une suffisante critique du voyage que l'Allemagne, à la suite de Gœthe, voulut faire vers l'antiquité classique, la vie de Louis II s'acheminant hors du monde avec *Parsifal*, avec « un simple, un pur qu'instruit son cœur », peut être jointe en appendice, à toute une métaphysique qui n'a pas laissé d'influer sur les grands théoriciens du socialisme allemand. Resserrés en vingt-

deux ans de règne et servis par des
circonstances, ses traits de nature et
d'éducation se composèrent d'une telle
sorte que c'est une tragédie qui frappe
l'imagination.

Louis II, jeune Bavarois doux et
grave, ne voyait rien sous l'aspect de
frivolité. Avec son beau regard de rêve,
son expression amoureuse du silence
et cet ensemble idéal d'étudiant assidu
aux sociétés de musique, c'était un de
ces êtres qui n'ont aucune faculté de
domination, mais trouvent une force
invincible de résistance dans la fuite,
dans l'horreur instinctive que leur
inspirent tous — tous, hors l'être,
homme ou femme, élu pour posséder
leur âme. En eux l'humanité a mis sa
plus profonde et mystérieuse sensibi-

lité, et leur âme, éparpillée à toute la nature, par la musique est pénétrée d'une volupté et comme d'une posses-sion physique intense qui seule y fait l'unité.

Aussi n'est-il pas singulier qu'à quinze ans, ayant entendu *Lohengrin*, le prince héritier de Bavière ait élu Wagner comme son domaine. Un ambi-tieux fût allé à un héros de la volonté, un sentimental à un poète ; mais celui-ci, n'est-ce point au musicien qui venait de remuer profondément sa sensibilité qu'il devait apporter ce sentiment, si fréquent dans l'éveil de la vingtième année, le désir de se dévouer et de trouver, par un maître, la paix et l'emploi de ses enthousiasmes? Ah ! combien s'écrièrent ainsi, avec les diffé-rences de tempérament et de situation :

O maître, ô toi en qui je me remets !

Quatre semaines après son élévation au trône, Louis II appela Wagner au château de Berg. Ce sont probablement les instants les plus intenses de sa vie, toute consacrée à chercher le bonheur. Au contact de celui en qui il avait personnifié son idéal, son énergie lui fit illusion ; il put croire qu'avec cet homme il accomplirait des choses sublimes, et il se donnait avec d'autant plus d'âpreté à ce vainqueur que, par cette dilection singulière, il affirmait son moi contre son entourage.

Où mieux qu'en Wagner un tel jeune homme eût-il satisfait son besoin d'amitié héroïque ? En outre du musicien, la direction imaginative du philosophe contentait ses plus secrets mouvements. Dans le héros constant de ces « actions

dramatiques », dans ce jeune homme
qui est mû par l'amour, mais ne l'em-
prisonne pas sous les seins de la femme,
dans cet être ambigu qui semble éprouver pour toutes les conditions de
l'amour terrestre, exactement l'effroi
qu'inspirent à un pur des complications
contre nature, Louis II reconnaissait
son frère. Cet être de fierté et d'élan
virginal, qui supporte mieux l'impérieux
commandement d'un homme que la
caresse d'une faible créature, c'est
l'éternel Hippolyte, jeune, rude et
fuyant Phèdre dans une sublime solitude.

Hippolyte, figure primitive en qui
parle toute la nature et qui se refuse à
fixer, c'est-à-dire à limiter les ardentes
inquiétudes dont son cœur est rempli !
L'amour, chez lui, ce n'est encore que

se donner passionnément à tout ce qui
augmente et réjouit son être; il aime
les eaux vives, les bois, la chasse, le
sommeil réparateur, et son souci est
moins de maintenir son espèce que
d'exister. Ceux de cette sorte, en tout
temps, s'accommodèrent mal de collaborer au bonheur de la société.

Mais ce qui fait de ce légendaire
Louis II plus qu'un exemplaire d'individualisme, c'est qu'en lui nous ne
saisissons pas seulement les oppositions
de certains rêves singuliers avec le
rêve social : il nous fait toucher l'anti-
nomie irréductible d'un rêve avec sa
réalisation. Par là je tiens cet homme
pour unique. Louis II est un problème
d'éthique tout parfait. Il ne se con-
tenta pas de composer des châteaux
en Espagne; sa situation privilégiée

lui permit d'entreprendre de les bâtir.

Cette brève première période, toute à la joie de posséder Wagner, l'avait laissé insatisfait. On ne peut absorber son moi dans un autre moi ; il essaya de l'objectiver.

L'opinion populaire, dans les légendes qu'elle crée, va droit au point essentiel : elle simplifie l'ensemble, déblaye les détails, exagère la part de singularité, et, en l'isolant des circonstances explicatives, lui donne plus de relief et d'allure. Le nom de Louis II est désormais lié à ces châteaux qu'il bâtit dans les plus beaux sites de son royaume. Il figeait là les fumées de son imagination, Hohenschwangau, Neu-Schwanstein, Linderhof, Chiemsee, Berg, peuvent être tenus pour des chapitres divers de l'éthique de Louis II. Ils renseignent

sur ce roi, comme un cloître de char-
treux révèle la pensée intime de saint
Bruno, et un couvent de carmélites
le brûlant secret de Thérèse d'Avila.

Claire et André visitèrent d'abord
Hohenschwangau et Neu - Schwanstein,
voisins l'un de l'autre, dans les Alpes
bavaroises, dans une région silencieuse
de forêts puissantes enserrant des petits
lacs à truites.

C'est Maximilien, père de Louis II,
qui bâtit Hohenschwangau. Avec la dure
physionomie que lui composent les
ravins qu'elle domine, cette maison
royale est toute pleine de la simplicité
de cette délicieuse famille de Bavière.
Claire et André n'y trouvèrent nulle
marque du prince mélancolique, qui
l'habita jeune homme et souvent y
revint pour surveiller la construction

de Neu-Schwanstein. La bibliothèque est composée des Histoires de Thiers, Sybel, Louis Blanc et du Dictionnaire de la Conversation. Tout ce qui reste de Louis II, c'est, en nombre incroyable, des images du cygne de Lohengrin, mais appropriées, abaissées à tous les usages domestiques : cygnes de faïence, épars sur les meubles où ils portent des fleurs, des bonbons, et qui deviennent jets d'eau, sous les fenêtres, dans un gracieux parterre analogue à ceux d'Auteuil. Le bel oiseau n'est plus que sur le Schwansee, qui fait le fond du haut cirque des montagnes boisées où s'accroche le château.

Les deux pèlerins virent, sous la tempête, quand tous les arbres se courbaient, les cygnes du lac désormais légendaire se promener impassibles.

Orgueilleux, ils avaient en sifflant voulu
se jeter sur André qui leur offrait, au
lieu de pain, des branchages ramassés
à terre, et cette dérision avait irrité les
bêtes confiantes, comme si quelque
chose était en elles de l'âme naïve et
trop sensible de ce Louis II, qui tant
de nuits les réveilla du glissement de sa
barque.

Le charme de Hohenschwangau était
trop doux pour Louis II ; c'est Ophélie
qui ne peut fixer Hamlet. Le prince
mélancolique aspirait à monter plus
haut sur la montagne ; il s'y bâtit une
solitude pour ses veilles ardentes.
Burg de Manfred, aperçu du lointain
de la plaine, entre les gorges sauvages,
combien il dut frapper les imaginations
populaires ! Après ce long voyage, à
demi assoupis par le roulement de leur

voiture sur la mousse des forêts qui
l'enserrent, Claire et André sentaient
sa maigreur bizarre se confondre avec
les figures de leur insomnie.

Ses salles immenses et trop neuves
de style roman ne surent les toucher
que par la gravité commune à toute
solitude. Nul plaisir d'art. Mille peintures
détestables y remémorent l'œuvre de
Wagner, et les meubles, achetés, fort
cher, au faubourg Saint-Antoine, con-
trarient le goût le moins susceptible.
Évidemment, le mélancolique qui s'édi-
fia cette retraite se suffisait avec des
signes graphiques, qui le rappelaient
à ses chers accablements. Il était
ainsi fait de ne se plaire que dans
la tristesse. De cet immense mobilier,
seul est marqué d'usage le prie-Dieu
dans l'oratoire. Quelles ardentes rêve-

ries furent les prières de ce personnage
singulier, qui passait ses nuits à rôder
de fenêtre en fenêtre, de balcon en
balcon, et à contempler la mystérieuse
désolation de la montagne et de la
plaine, sur qui se déployait son orgueil
d'homme différent, que tout milieu
froissait.

La chambre du Tasse, ainsi se nomme
la pièce où couchait ce prince lunatique
à Hohenschwangau, et quel nom y conviendrait mieux que celui du grand
poète qui ressentit, jusqu'à la démence,
la difficulté d'accorder son moi avec
le moi général? D'une sensibilité que
tout offensait, le Tasse, entre tant de
barrières qu'il opposait au contact des
hommes, avait invoqué un jour, contre
les plus nobles seigneurs d'Italie, sa
prééminence de poète. C'était moins

orgueil que misanthropie. Dans un sentiment analogue, Louis II recourut à son privilège royal, et comme il s'était enfermé dans la passion de Wagner et dans la musique, il se réfugia dans la notion monarchique et dans le culte de Louis XIV.

Les deux jeunes gens l'y suivirent.

Par les montagnes et le long du lac Plansee, ils gagnèrent, depuis Neu-Schwanstein, Linderhof. C'est, au milieu des plus épaisses forêts, une galante maison de style rococo, une « folie » toute capitonnée et machinée de trucs d'opérette. Louis II jugeait avec un grand sens que l'or et l'argent isolent aussi bien que le rêve. Il se composa un milieu de grâce et de joie, parce que ces caractères ne sont pas moins exceptionnels que les sublimes. Ce véritable

Bavarois interpréta le sourire des petites maîtresses de Versailles, dont il tapissait Linderhof, comme il avait fait des héros de Wagner dans l'atmosphère hamlétique de Neu-Schwanstein : demi-dieux de la Walhalla et déesses d'opéra le sortaient de l'humanité. Cet exil dans le passé, c'etait encore une protestation contre les conditions de la vie réelle. Dans le décor du plus fameux des despotes, il ne cherchait que le bonheur du banni.

Chiemsee fait voir le même sentiment que Linderhof, mais exacerbé. Sorte de Versailles, plus fâcheux encore par le luisant des vilaines richesses qu'alignent ses implacables galeries, dernier mot de la splendeur sans beauté, ce château, imposé à cette île si humaine, si reposante de verdure et de beaux arbres

qu'il fallut saccager, est la plus dure
protestation de Louis II contre la vie.
Attitude mille fois plus pénible que la
mélancolique promenade de ses cygnes
à Hohenschwangau et que sa décla-
mation de Neu-Schwanstein ! Là-bas,
s'il repoussait les hommes, du moins,
se livrait-il à la nature ; ici, même il la
brutalise, la contredit.

Cruels efforts ! il souffrait trop que
rien, hors son rêve, ne fût aimable. Ce
volontaire glissait à l'égarement. Pour
interpréter les démarches d'un déses-
péré, il faut se placer dans le fil de
sa passion. Chiemsee, cette mauvaise
action du pauvre Louis II des dernières
années, si méconnaissable de graisse, de
blême bouffissure, ne me trompe pas
plus que la mort du docteur Gudden,
sur la douceur et la modération de ce

prince imaginatif et de qui le vrai
fonds, les sincères délices furent le
petit château de Berg, avec ses chambres
de bourgeois, d'étudiant plutôt, en-
combrées d'humbles images wagné-
riennes ou de Louis XIV.

Ce château de Berg est, près de
Munich, une villa de famille, nullement
une résidence royale, enveloppée de
verdure et baignée de belles eaux,
mortes. Toujours les mélancoliques
aimèrent à rêver sur la plage. Ah! je
le sais que ce ne fut pas un monstre,
mais son triste emportement, qui jeta
Hippolyte sous la vague. Et que de
fois, durant les névralgies qui comprimaient son génie, le Tasse ne rêva-
t-il pas de courir à la plage de Sorrente
pour y trouver enfin la fraîcheur et
l'oubli! Suicide, refuge fatal et su-

prême imagination de ces héros chagrins !

Composés des meilleures vertus de
l'homme et de la femme, ils ne peuvent
mieux aimer que soi-même. Ce sont ces
amours singulières qu'ils nourrissent
dans la solitude ; ils en étonnent leurs
contemporains sans parvenir à se satisfaire. Hippolyte, le Tasse et Louis de
Bavière ont laissé une mémoire amoureuse un peu trouble.

Claire et André, dans le parc de Berg,
près du sable fatal où furent retrouvés
Louis II et son docteur, prirent une
idée nette de cet illustre réfractaire.

Toutes ses résidences livrent des
traits de son caractère, mais le vrai
document, ce sont les trois châteaux,
les seuls qu'il ait bâtis lui-même, Neu-

Schwanstein et Linderhof, isolés aux
forêts, et Chiemsee, baigné d'eau. Tous
trois signifient avec force la volonté de
fuir le contact des hommes ; où qu'il
habitât, d'ailleurs, Louis II, dans un
vaste cercle, interdisait toute circu-
lation. Et le doux château de Berg
lui-même, sur sa rive chaque jour
frôlée par les barques de plaisir, fait
voir encore le poteau « défense d'abor-
der » dont l'assombrit Louis II.

A l'encontre de l'opinion qui fait
de Louis II un artiste couronné, on ne
trouvera aucun contentement esthétique dans les châteaux de ce prince
légendaire — le seul roi bavarois de ce
siècle qui n'ait rien fait pour la Pinacothèque... Louis II était un pur idéa-
liste, nullement un voluptueux d'art.
La beauté ou, pour mieux dire, le sens

même des choses dont il s'entourait, n'était perceptible que pour lui. Ses châteaux et leurs décorations lui étaient des signes abstraits. Les peintures qu'il y amassait n'eurent d'autre emploi que de maintenir sous ses yeux les règles et modèles de vie dont il s'exaltait jusqu'à l'aube. A Neu-Schwanstein, à Hohenschwangau, à Chiemsee, il mena la vie d'un croyant, d'un saint qui n'a que faire de perfection humaine dans les enivrantes images de son chemin de croix.

Partout, la décoration qu'il exige, c'est le cygne et puis le paon, l'oiseau légendaire et mélancolique, la bête de l'orgueil et de l'éclat. Ces deux motifs si opposés signifiaient à ses yeux une même chose, une vie qu'on ne touche pas. La légende et la toute-puissance

13

lui parurent des refuges également sûrs.
Louis XIV, aussi bien que Wagner,
isolait du vulgaire ce jeune homme
chagrin. Le paon et le Roi-Soleil, ces
symboles de la majesté, doivent être
interprétés autour de Louis II non pas
en ce sens qu'il voulait dominer, mais
qu'il prétendait qu'on ne le dominât
point. Comment eût-il toléré qu'aucune
volonté intervînt dans sa vie, ce frère
de Parsifal, ce pur, ce simple, qui
opposait à toutes les lois humaines les
mouvements de son cœur ! Et il semble
bien que d'avoir entraîné le docteur
Gudden sous l'eau soit la vengeance
qu'il tira d'un barbare qui voulait lui
imposer sa règle de vie, en même temps
que son dernier effort pour trouver
enfin une retraite plus inaccessible
qu'aucun de ses profonds châteaux.

Ah ! la longue suite d'erreurs de méthode !

Tandis qu'il tenait à la gorge son docteur sous le lac et que l'eau commençait à l'envahir lui-même, s'il revit brièvement mais nettement, comme on le croit des noyés, sa vie entière, il put constater que ses meilleurs instants furent assurément ses premiers entretiens avec Wagner, où il se sentit plein d'audace à se créer une vie wagnérienne — et encore les longs mois qu'il passait à Paris, incognito, dans cette chambre garnie de Montmartre d'où certains le virent descendre vers la Seine sur l'impériale de l'omnibus *Place Pigalle-Halle aux Vins* — et surtout ses rêveries dans son pauvre château de Berg.

C'est alors qu'il échappait à la prise des barbares, à l'enrégimentement. Des

idéals qu'il se composait, il goûtait la
pure beauté tant que ne l'avaient pas
altérée les conditions de leur réalisation. Mais de ces rêves, sitôt bâtis, il se
sentait prisonnier; il aspirait à en
sortir; il vagabondait de Neu-Schwanstein à Hohenschwangau, à Linderhof,
à Chiemsee. Ah! je suis sûr que cet
agonisant ne souffrit point de n'avoir
pas mis en place les dernières pierres
de ses châteaux. De les voir qui pendent
interrompus aux montagnes de Bavière,
ce ne fut pas une suprême image pénible
dans ses yeux déjà noyés de l'eau du
Starnberg, car il ne reconnaissait en
leurs fragments réalisés aucune des
beautés si réelles qu'il engloutissait
avec lui-même.

Ayant ainsi parlé, André cracha dans
l'eau, puis il dit à Claire :

— Voilà le bout du monde de notre enquête. Pas plus dans la formule qu'un homme s'élabore pour soi-même que dans un système imposé par la majorité nous ne trouverions le bien-être. Socialistes qui édifient pour le moi général, ou Louis II, pour son moi particulier, ne valent, conclut-il, qu'à jeter bas les constructions précédentes. Ils font une excellente critique des conditions actuelles de la société. Rien de plus. La part de bonheur qu'ils nous donnent, c'est qu'ils nient les principes et violent les droits réputés sacrés. Ils nous ont libérés de tous les brodequins qui nous faisaient souffrir, mais n'ont pas su trouver chaussures à notre pied. Sitôt réalisées, toutes leurs formules deviennent des maisons froides, où l'hypocrisie succède au premier enthousiasme. Sitôt habité, le meilleur des socialismes, comme il advint du christianisme, et comme nous voyons du saint-simonisme, n'est plus qu'un système dont s'accommodent des êtres sans désintéressement. A qui n'a pas l'état d'âme de Louis II, que servirait de vivre aux châteaux de Bavière?

C'est aux derniers jours de cette enquête qu'André Maltère entrevit ses vraies conclusions :

Un état d'esprit, non des lois, voilà ce que réclame le monde ; une réforme mentale plus qu'une réforme matérielle. Il ne faut pas rêver d'installer les hommes dans une règle qui leur impose le bonheur, mais de leur suggérer un état d'esprit qui comporte le bonheur. Quel sens infini ne trouvait-il pas alors dans cette parole d'un fouriériste : « Fourier a amélioré le sort des animaux, non par une loi sur la protection des animaux, mais en les faisant aimer. » Qui nous fera aimer les hommes? Quand le bien-être et la perfection des autres

moi nous paraîtront-ils une condition
du développement complet de notre
moi? Comment les légistes, si minutieux
que je les accorde, nous prémuniraient-
ils de suffisants remèdes contre l'infinité
des imperfections humaines? Nulle
réforme n'y suffira qui sera une parole,
une chose cérébrale. Seules nous mènent
les vérités qui nous font pleurer.

Et déjà, pensait-il, si j'avançai dans
la compréhension des misères, ce n'est
pas toi, Claire, petite légiste, qui me
pris par la main, c'est Marina, toute
muette pour mon intelligence, mais si
abondante à émouvoir ces parties qui
me sont communes avec toute l'humanité : la pitié et l'amour. Les souvenirs
que je garde de toi sont tous les livres
que nous avons feuilletés ensemble, et
le goût que je t'ai voué, c'est que tu es

conforme à ma logique ; mais de Marina, toutes les attitudes sont conformes à une chose, en moi plus profonde encore que la logique : le sens de la vie. Et si vraiment, avec toi, j'ai compris que tous les hommes cultivés en noblesse peuvent accorder leurs efforts, elle, par les seules lignes de son visage, me fait sentir qu'il est douloureux pour un être d'en peiner un autre. Elle va même plus loin et m'enseigne quelle sensualité c'est d'aimer ceux qui souffrent.

André possédait des photographies de Marina à tous les âges. Vers la fin de ce séjour en Allemagne, il prit l'habitude de les feuilleter assez souvent.

La voilà toute jeune fille, appuyée sur le bras d'une amie : bien dangereuse, car si frêle et si fine, nul ne croyait qu'elle pût nuire. C'est un joli

animal de luxe, pensait André ; je la
goûte, mais j'aime mieux mon Velu qui,
lui, ne saurait se passer de mes soins.

La voilà jeune femme, chargée de
trop de bijoux, pour plaire sans doute à
un mari, à une famille vaniteuse ! Ainsi
faite, avec sa gentille gorge découverte
et ses bras ronds, pourrais-je ne pas la
désirer, mais elle est encore en dehors
de moi.

Mais entre ces vingt-cinq photographies, voici celle où, dans une prairie,
elle est debout avec, sur son bras
appuyée, la main d'un jeune homme. Et
voilà qui m'émeut profondément. Ainsi
quand elle n'était rien pour moi, mais
que déjà son bras était souple et plein
de vie et tel que je le touchai, elle eut
cet abandon et subit ce geste exact dans
une clairière, en costume de ville d'eau !

Ce n'est pas à dire que je pense ceci et
cela ; voilà comme elle a été exactement,
une après-midi, dans une ville d'eau, et
rien ne peut effacer ni empêcher qu'elle
ait eu à cet instant tels sentiments.
Était-ce à Carlsbad si gai, vers sept
heures du matin, lorsque les diabétiques
à pas lents emportent leurs pains spé-
ciaux dans les restaurants épars sur les
pentes boisées, que le soleil dompte
le brouillard et que ça sent le sapin?
Était-ce sur la plage de Nordeney, dé-
solée et rongée par la mer du Nord?
L'image n'en dit rien, mais elle a fixé la
minute de révolte que tu sentis de cette
forte main posée sur ton bras et que
pourtant tu avais gravement autorisée.
Et de te voir ce froissement, quoique
j'y sois étranger, j'éprouve une souffrance analogue à un remords, et je

n'aurai plus le cœur léger que ta figure
ne cesse d'être grave.

Je m'efforce d'être ton ami à tous tes
âges, Marina ; pourtant je ne te recon-
nais que dans deux attitudes, ou fiévreuse et souffrante à cause de moi et
me blessant de telle façon que tu rends
de plus en plus impossible ton bonheur,
ou contente, mais acceptant une domination qui te souille. Tu me supplies
d'oublier tes longs silences et ces âpretés qui, tu le penses, ont tout gâté ; tu
voudrais aussi, devant cette photographie, couvrir mes yeux de tes mains
tachées ; c'est pourtant à ces heures-là
que je t'aime, car elles me fournissent
la déchirante et si voluptueuse impres-
sion de l'irréparable. Et je l'adore aussi,
la triste prairie où ces choses se passèrent.
C'est là que je voudrais lentement me

promener et penser à toi vers la fin du jour. Et je suis près d'aimer l'humanité entière, parce que, sous les contenances des plus superbes, je distingue des parcelles analogues de souffrance.

Or, tandis qu'André méditait ainsi, ils habitaient dans un cirque de montagnes, de qui les noms si durs leur échappèrent, une noble propriété du dernier siècle devenue auberge. Et de sa splendeur étouffée sous les chênes, les pluies et la mousse, rien ne restait, hors un bocage pastiché de Trianon, des bassins où Ariane regrette, où Didon meurt d'amour et, dans une niche sombre, le tendre et sensuel Endymion que la Lune posséda, couché dans une vasque pleine d'eau, tandis, qu'au-dessus, des lions et des loups effrités entourent un Orphée qui les

charme. Et tous ces mystères déchirants
emplissaient l'âme d'André et la con-
quéraient comme le souffle si rauque
d'Othello devant Desdémone innocente
et assassinée, comme les cris d'amour de
Juliette, si impure dans son ardeur.

Les sentiments de Juliette, ceux
d'Othello et ces ruines, prenaient toute
leur beauté, selon son cœur, d'être des
éléments gâchés de bonheur. « Elle aussi,
s'émouvait-il à songer, cette exotique
brillante, je la vois aujourd'hui dévêtue
dans ses éclatantes chemises de crêpe
et n'ayant pas le courage de reprendre
sa morgue. Ah! je lui dois un état
d'esprit bien propre à la compréhension
des souffrances, dont jusqu'alors je
n'avais connu que la statistique. »

C'était à l'heure où le sable des jardins
solitaires est rougi du soleil couchant.

CHAPITRE V

VELU II CONFESSEUR ET MARTYR

André Maltère, sa jeune femme et Velu II rentrèrent à Paris, défaits au point que leurs idées ne leur étaient plus que des notions sans saveur.

Fatigué du wagon et d'avoir tendu son esprit sur un même sujet pendant des mois, et peut-être aussi de cette interminable solitude à trois, André était pris à la gorge par une angoisse qui le suspendait palpitant sur le tout-à-l'heure, comme sur un gouffre à vertige. Phénomène qui, selon les points de vue, doit être qualifié de nervosité morbide ou de pressentiment.

207

Plus douce encore dans cette crise de nerfs et de bile où elle craignait d'être déplacée, Claire allait le laisser seul, mais il la pria de demeurer, d'un ton d'excuse et de tendresse, peu ordinaire dans cette union toute cérébrale, et, fort avant dans la soirée, ils remâchèrent encore leur projet qu'André resserrait, contractait, pour mieux le tenir et aussi parce qu'en ses mains brûlantes tout se desséchait : donner à leur vie un but qui absorbât toute leur activité et s'accordât avec leur façon de sentir.

— Un cérébral passionné comme Saint-Simon, un systématique bonhomme comme Fourier, un viveur impérieux comme Lassalle, un logicien méphistophélique comme Karl Marx, je comprends tout cela, mais quoi? Tou-

jours des choses d'intelligence, je n'en
suis pas bouleversé... Je voudrais être
bouleversé... Ah ! des choses qui puissent
changer les cœurs !

— J'avais toujours espéré cela de
vous, murmura la jeune femme.

— Vous êtes lasse, n'est-ce pas, de
comprendre sans jamais sentir? Vous
aimeriez mieux pleurer.

— Oui, je suis lasse.

— Comment des lois ! des lois encore !
quand depuis tous les siècles elles légi-
timent les plus douloureuses situations.

La jeune femme avait des larmes
dans les yeux, André était très agité.

— Eh bien ! dites-moi, reprit-elle, ne
pensez-vous pas faire quelque chose?

Elle regardait le jeune homme, et
avec une telle anxiété que son interro-
gation dépassait ses vagues paroles.

14

Peut-être habitaient-ils depuis trop
longtemps des milieux hostiles, où le
moi qui ne s'ajoute rien se dépense
beaucoup à se maintenir. En pleine
nature ou dans les civilisations de sa
race, on reçoit continuellement, mais
dans cette atmosphère d'Allemagne, ils
avaient épuisé leurs réserves.

— Oui, reprit André avec empressement et comme désireux d'écarter la
pensée secrète de la jeune femme, on
pourrait faire une publication... (Sa
pensée était ailleurs et l'on voyait qu'il
inventait à mesure...) Pas des théories
sur le fondement d'une nouvelle morale.
Non, un livret, chaque mois, pour faire
pleurer. Les anecdotes les plus atten-
drissantes sur la dureté des rapports
entre les êtres, extraites des journaux
et mises en valeur. Pas *la Case de l'oncle*

Tom, au bénéfice d'une classe intéres-
sante, pas *la Maison de poupée* non
plus, pour protester contre une forme
trop étroite de légalité, non, cela aussi
serait bon, mais leurs thèses précises
n'atteindraient que des sensibilités parti-
culières et des cas déterminés. Dans
notre recueil, au contraire, il faut que
chacun trouve l'anecdote qui fonde la
sécheresse de son cœur, et que, l'appli-
quant à sa vie, il s'écrie : « Pauvre moi-
même ! » Tel que je le conçois, ce petit
livre aux nombreux paragraphes alignés,
ce sera un vaste hôpital où chacun
reconnaîtra sa maladie, où chacun occu-
pera un lit. Nous serons voisins dans la
douleur. Bon moyen pour créer de la
sympathie entre ceux qui souffrent !
Mais surtout, toutes ces anecdotes
seront touchantes. Voilà l'essentiel :

pousser toutes les douleurs en beauté!
Dégager la douleur de son caractère de
vilenie, lui restituer la part de sublime
qu'elle enferme, c'est avancer d'un
grand pas la question. Les malheureux
sont isolés parce que, leurs imperfections les dégradant, nul ne se soucie de
leur tendre la main. Ah! comme j'en
sais, des histoires mélancoliques et sensuelles qui, tombant comme une suite
de gouttes, résoudraient les durs principes où la piété est prisonnière! En
tête de chaque numéro, il faudrait
rappeler — on ne trouvera jamais de
plus belle devise, et puis c'est notre
programme même — l'intense et voluptueuse tristesse du grand poète de
notre race, Jean Racine, quand il
suivait pour y pleurer les prises de
voile des filles dans leur vingtième

année. Leurs beaux corps, leurs cœurs passionnés, c'est la coupe du roi de Thulé qui s'enfonce...

— Avoir le goût de pleurer ! répétait-il, comme si ce mot eût pris pour lui un sens infini.

La jeune femme ne le regardait plus. Il semblait que rien de tout cela ne lui fût nouveau.

— Et pourtant, reprit-elle, dans votre procès, vous avez dit autre chose, vous étiez sec et logique.

— J'ai dit autre chose? comment aurais-je pu parler à des étrangers?

— Pourquoi, moi, m'avoir traitée comme eux?

— Je pensais que vous ne comprendriez pas.

— Et maintenant?

— Maintenant, c'est différent. Je

crois que vous m'aimeriez si j'étais
misérable.. J'ai du plaisir à vous faire
voir que je suis humilié et misérable.

— On vous croit clairvoyant et glacé,
mais vous êtes tout à fait misérable.

— Une seule chose me désespérerait,
qu'il y eût de la souffrance par moi dans
le monde.

— Vous n'êtes pas homme à faire du
mal volontairement.

— Volontairement !... quelle confuse
distinction ! De toute souffrance, par
le fait même qu'elle retentit en moi,
je me sens responsable. Je dis responsable pour employer le vieux vocabulaire.

— Mais n'est-il pas des cas où con-
soler celui qui souffre, c'est en faire
souffrir un troisième ?

— Oui, le retentissement de nos

actes va jusqu'à l'infini, mais précisément parce que nous ne pouvons pas
le calculer, il nous faut secourir le moi
le plus opprimé, et remédier d'abord
aux souffrances immédiates.

Il s'arrêta, rencontrant le regard de la
jeune femme qu'elle détourna aussitôt.

— Je sais tout, dit-elle à voix basse.

... A cet instant la porte s'ouvrit et le
domestique annonça :

— Madame, la bête s'est sauvée !

Après son dîner, comme on l'avait
descendu pour qu'il prît l'air, Velu
s'était échappé et, courant droit sans
souci des appels, avait disparu vers les
Champs-Élysées.

La même idée, les deux jeunes gens
l'eurent sur l'instant : « Celui qui ne
parle pas » avait mieux compris que
ceux qui raisonnent. Et, n'agissant que

selon son instinct, il prétendait retourner
aux lieux où il avait été aimé.

— Courez, dit-elle, chez votre amie !

Cri sublime ! vision d'un monde nouveau ! Elle avait vaincu la loi. A côté
de ces deux êtres, Marina· et André,
si fins et troublés de leurs nerfs, qui
s'enlisent à pleurer sur eux-mêmes, elle
a pris dans sa vision toute cérébrale de la
vie assez de noblesse pour pleurer sur
les autres. Et chez cette enfant triom-
phante, ce n'est pas compassion stérile.
Elle ose la besogne capitale, s'attaquer
à cette vertu imaginative du code, à
cette dure vertu des légistes, pour
installer à leur place celle du cœur et de
la nature. La loi lui donne une maison
close et le droit d'être aveugle, sourde
et méprisante pour celle qui souffre, si

touchante, sur le seuil. Elle ne voudra
pas de ces larmes. Avec sa rivale mieux
qu'avec la douleur, elle aime partager
le cœur qui lui est précieux. C'est que
du même temps qu'elle cherchait dans
les idéologues le remède de la misère,
elle avait appris des circonstances cette
pire misère, faite de tendresse et de
jalousie, la plus âpre dont puisse être
contracté le cœur humain. De cette
enfant qui n'était qu'une désœuvrée,
André avait fait une mélancolique.
Dans toute cette songerie engourdie, il
avait mis le chagrin qui devait creuser
si avant.

Le cri qui venait de lui échapper avait
cet accent sincère et profond qui ne
manque jamais d'émouvoir. André
tressaillit et, dans cette chambre
d'hôtel, auprès de ces malles ouvertes,

entendant une parole qui, après tant
d'abstractions, était un acte, il se
sentit envahi d'une pâleur qui vint,
à travers la demi-obscurité, jusqu'aux
yeux de la jeune femme.

— Non, dit-elle, se méprenant sur le
trouble du jeune homme, car elle était
femme tout de même, et, capable du
courage le plus haut, gardait des délicatesses de petite fille, non, je n'ai
aucune humeur contre vous. Si j'avais
voulu vous rendre malheureux, je vous
serais devenue également précieuse. Je
l'ai distingué peu après notre intimité,
mais quand je l'aurais voulu, je ne
l'aurais pas su. Je suis une nature
lente et qui raisonne, et vous ne pouvez
croire que les choses qui vous emportent ;
il n'y a pour vous d'autre certitude que
la foi aveugle. Il vous faut les nerfs

brisés pour que vous ne soyez pas atone. C'était certain que vous courriez là où vous pouvez souffrir. Pour moi cependant, j'ai un remerciement à vous faire, de m'avoir enseigné la souffrance. Je comprends mieux comment il faut agir pour la diminuer dans le monde. En passant ce soir chez votre amie, vous adoucirez son chagrin probable, vous retrouverez le Velu, vous vous ferez plaisir, et vous ne me chagrinerez pas, car s'il m'est là quelque chose de triste, ce n'est pas que vous y alliez, mais que vous le désiriez. Et encore me croyez-vous si grossière que votre contentement ne me suffise pas?

La pitié les avait envahis l'un et l'autre, elle et lui sur le Velu, chacun d'eux sur l'autre et chacun sur soi-même.

André n'éprouvait pas à l'égard de
Marina un sentiment de plus que si
Claire se fût entêtée dans son droit,
mais, par contre et au bénéfice de
celle-ci, il comprenait maintenant cette
âme mi-close de jeune fille, d'une jeune
fille qui avait enroulé sur elle tant de
voiles qu'on ne distinguait plus guère
la femme.

Il était dix heures quand la femme de chambre de la petite princesse introduisit le jeune homme auprès de sa maîtresse, dans l'appartement de la rue Montaigne, où tous les souvenirs laissés ne valaient plus pour lui que comme des reproches.

Marina était à sa tapisserie et pâlit sans se lever :

— C'est vous, dit-elle, avec une expression qu'elle eût voulu froissante et qui ne blessa que le cœur du jeune homme sans atteindre sa vanité, car elle était si jaune, si fiévreuse, si chétive qu'elle semblait à plaindre, elle aussi, comme le pauvre Velu seul et dépérissant de son dîner manqué parmi la dure agitation des rues.

André la prit dans ses bras sans
qu elle résistât ni se prêtât. Ses mains,
ses jolies mains de vice et d'élégance
brûlaient ; elle avait sur tous ses traits
de la souffrance.

Et comme il s'inquiétait de sa santé :

— Non, dit-elle, je m'ennuie.

— Nous sommes bien malheureux,
reprit André : le Repasseur est perdu.

— Perdu ! s'écria-t-elle avec un
bond de tout le corps et un regard qui le
désespéra. Pauvre Repasseur !... Ton
Velu n'avait pas menti ! dit-elle en
appuyant contre la poitrine du jeune
homme sa tête qu'à travers ses vête-
ments il sentait brûlante. Misérables
bêtes ! ni elles, ni moi, n'étions faites
pour le bonheur.

Quel travail, quelle folie se fit alors
dans ce cerveau, mais elle eut une

mauvaise fureur, disant : « Mon bonheur m'a été volé ! » le repoussant, le rappelant avec désespoir : « Alors ! c'est comme cela qué vous me quittez ! » Puis pleurant, tombant dans ses bras, les mains glacées, les dents claquant de fièvre et, au bout d'un quart d'heure, après avoir essayé vainement de se réchauffer contre lui, elle disait d'une voix basse : « O André, je voudrais que tu fusses mort ! »

Et lui comprenait si parfaitement sa pensée d'amour qu'il ne répondit pas, étant tout occupé à suivre cette parole qui descendait, comme une pierre dans l'eau, tout au fond de son être. Alors elle s'expliqua, disant :

— Si tu étais mort, je n'aurais plus qu'à soigner l'image que je garderais de toi ; je m'y donnerais tout entière, sans

crainte que tu me la reprisses et sans
te faire jamais de chagrin par mes méchancetés.

— Moi aussi, lui répondait-il, je voudrais que tu fusses morte !

Mais cette image de leurs chers corps
devenus cadavres, cette vision des céré-
monies abominables, ils se l'étaient
communiquée si profondément l'un
l'autre qu'ils se regardèrent silencieu-
sement avec des yeux pleins de larmes.
Et de ses mains glacés de morte, elle
le pressa, disant :

— Il ne faut pas faire de vœux pa-
reils.

Et André songeait à la désolation de
se rappeler le mal qu'il lui avait fait
et le bonheur qu'il ne lui avait pas
donné.

Comme une enfant, elle restait immo-

bile à écouter les battements du cœur
du jeune homme et à se chauffer contre
sa poitrine. Alors leurs pensées se repor-
tèrent vers le Velu, et il ne put s'empêcher de dire :

— Il est peut-être dans les rues,
refroidi, affamé, battu par les passants ;
il est peut-être pendu à la fourrière ;
peut-être tenaillé par les vivisecteurs.
Peut-être, enfin, le pauvre cher nous
rend-il responsables de son malheur?

Mais elle, à tout, répondait, avec un
accent profond :

— J'ai plus souffert que cela depuis
trois mois.

— Oh ! répliqua-t-il en buvant les
pleurs de la jeune femme, qu'y a-t-il de
plus précieux au monde qu'une personne qui nous adore ! Et si c'est se
vouer à un malheur sûr que de jeter

son pain, quel malheur va me frapper pour avoir négligé ton amour !

— Non, jamais, disait-elle en lui fermant la bouche de baisers, rien de moi ne te sera malheur, parce que, si je puis seulement penser que tu m'aimes un peu, j'accepte tout et j'obéis. Donne-moi seulement confiance que tu ne souhaites pas ma souffrance.

Ainsi s'enivraient-ils de chagrin, et fort avant dans la nuit, comme il se retirait, la petite princesse, d'une voix ironique et timide — timide peut-être pour la première fois de sa vie, ironique pour la première fois de cette soirée — lui dit ce seul mot :

— Mais elle ?...

— Elle ! répondit André — comprenant lui aussi, parmi le dédale de la loi, où est la vérité, et que, s'il y a

un malheur, il faut y courir comme le
soldat au canon, en dépit des règlements
— elle cherche le pauvre diable ; viens
le chercher avec nous !

Le lendemain vers les deux heures
de l'après-midi, ses recherches n'ayant
pas abouti, André reçut de Marina le
plus grave petit bleu :

La concierge de la rue Montaigne
venait d'apprendre qu'un chien sans
collier avait été trouvé, la veille au
soir, à la porte de la maison, et vendu à
un jeune homme qui, renseignements
pris, était attaché au laboratoire de
M. X..., au Muséum.

C'était la vivisection pour Velu.

Claire et André montèrent aussitôt
en voiture.

Au Jardin des Plantes, on leur dé-
signa une petite allée, fermée d'une
barrière et signalée par une affiche
blanche. C'était le laboratoire.

Dès l'entrée, derrière un rideau d'arbustes, André aperçut Marina, et son léger embarras avertit Claire. C'est ainsi que fut facilitée cette première rencontre, qui eût été délicate, si leur souci du Velu n'eût atténué tout autre sentiment.

Ils s'abordèrent et ne parlèrent de rien que de l'essentiel. Marina avait donné de l'argent à un garçon, sans arriver à mieux qu'à lui délier la langue. Un chien analogue à Velu venait d'être amené, disait-il. Par bonheur M. X... avait été lié avec le père de Claire ; André lui fit passer un mot où il se recommandait de ce nom vénéré.

Puis ces trois véritables parents attendirent la réponse, en tremblant d'arriver trop tard, mais pourtant rassurés un peu par l'imprévu et délicat décor de cet enclos tout vert.

Dominés par de vieux arbres, c'était à droite une basse-cour, à gauche un chenil, et devant eux une maisonnette de briques vieux rose ; mais de fois à autre, sur cet étroit domaine d'idylle et de méditation, passait une forte odeur de décomposition qui faisait pâlir les jeunes femmes.

— Ah ! leur dit un garçon qui, sous un saule pleureur, nettoyait un vivier à carpes, elle nous vient du fumier des féroces.

Mais comme les trois pèlerins, une fois encore rassurés, tournaient autour de la maisonnette, un petit ruisseau d'eau sanglante qui s'en échappait vint leur redonner, avec une terrifiante simplicité, le sens réel de ces bagnes fleuris, groupés pour les lapins, les poules, les chiens et les cochons d'Inde autour de la maison du bourreau.

Enfin vint un jeune homme, en place du professeur X... absent.

— C'est Pichon-Picard lui-même qui a fait construire ce laboratoire, dit ce jeune savant : c'était un gros bonhomme, comme nous disons ici, et l'on ne peut, madame, rien vous refuser. Voulez-vous entrer pour reconnaître votre toutou?...

Dans une façon de cabinet pharmaceutique, parmi deux mille bocaux et la pire poussière, le brillant Velu était terrassé, renversé sur un appareil les quatre pattes ficelées et la tête renversée à gauche. Et comme si l'on eût craint que sous de tels excès il ne trouvât le secret décisif et ne prît enfin la parole, sa bouche était distendue d'un fort bâillon.

— Ah ! s'écria Claire, le pauvre garçon !

Avec ses beaux yeux remplis de
larmes, immobile et défait, il présentait vraiment une figure humaine.

— Il est intact, madame, se hâta de
dire leur guide, un simple coup de
bistouri dans la queue.

— Eh bien! disaient-ils tous trois,
le caressant, le déliant, eh bien! Velu,
vieux Velu, nous voici. Ils t'en ont fait
des histoires!

Mais un pénible spectacle, mêlé de
douceur comique, les arrêta : le pauvre
pantin ne cessait pas de donner la patte.

— C'est, dit le vivisecteur, qu'ayant
l'intention d'observer si certaines muti-
lations dans le cerveau l'empêche-
raient d'exécuter des mouvements intelligents, je me suis tout à l'heure
assuré qu'il tendait la patte à l'appel,
et, comme on l'a lié de suite après, il

pense que nous le punissons d'avoir mal fait son exercice. Ah ! il est intelligent : c'était un bon sujet pour observer quel déficit produisent dans l'intelligence certaines lésions des deux hémisphères.

Et entraînant le jeune homme à l'écart :

— Je voulais savoir notamment si votre chien, privé de son cerveau, eût perdu la faculté d'élever le membre postérieur dans l'émission de l'urine.

André s'étant retourné vers le Velu constata que, dans sa détresse, il leur avait fait un excrément.

— Bonne réponse ! se dit-il mentalement.

La petite princesse, dans un hôpital, eût rendu des services. André et Claire, excités par la situation, s'attardaient à s'en faire des images pittoresques ou des

idées générales, horreur et indignation,
mais Marina s'était munie de morceaux
de sucre dont elle réconforta le Velu
qui ne ressuscitait de sa peur profonde
que pour se lamenter en enfant.

C'est alors que, près de sortir, ils
virent à terre un pauvre chien se rai-
dissant sur ses quatre pattes, et de qui
un aide lavait la gorge qu'on venait de
recoudre. Son œil vitreux, sa misère,
son impuissance étaient inoubliables,
comme le filet de sang qui tout à
l'heure s'écoulait de cette maison dans
la verdure. Au chenil, pour qu'il y
attendît une nouvelle opération, on
ramenait par un licol cette pauvre
machine de chien. André, dans un
sentiment pitoyable, le suivit. Ah!
quel furieux tapage de haine menèrent,
à voir des hommes, une partie de ces

pensionnés de la vivisection ! Mais les autres, sur leurs faces déprimées de bêtes, quelles grosses larmes ils laissaient rouler à comprendre confusément que Velu II, leur semblable, était délivré et que ses amis plaindraient leur sort sans le modifier. Tout ce Trianon s'était transformé en charnier et cette douceur de la nature en exécrable guet-apens. André, comme ses deux femmes, fut gagné par l'émotion et pas plus qu'elles ne s'en cacha : « Pour l'amour de l'animalité », disait-il à Claire qui, familière de la Sorbonne, était en outre une « abonn   du Mardi ».

Comment se sépareraient-ils, ces trois êtres, maintenant qu'ils ont leurs nerfs tendus et tant de pitié dans le cœur? Comment imaginer sans en souffrir la situation de celle qui, du Muséum, fût rentrée seule dans Paris?

Claire, au nom du Velu tout fiévreux, pria Marina qu'elle vînt s'installer à leur hôtel.

Leurs premiers soins y furent pour la bête qui jouissait de les réunir autour d'elle. Couchée sur un coussin, à chaque fois qu'on prononçait son nom, elle remuait sa queue saignante, la heurtait, poussait un cri et, cinq minutes après, en dépit de la souffrance, ne pouvait encore s'empêcher de ce geste si touchant de sociabilité.

Cependant André disait à Claire :

— Voilà donc quelles horreurs nécessite le principe sur lequel on cherche à fonder le prochain ordre social. Céderait-il en oppression au système féodal, au légiste et à l'industriel? La moralité scientifique qu'on veut substituer aux

précédentes n'autorise pas seulement
les manœuvres dont notre Velu est tout
estropié, elle les exalte! La religion du
droit et le culte du progrès, qui nous
accablent aujourd'hui, n'atteignirent
jamais un tel fanatisme. Examiniez-
vous ces jeunes savants tandis qu'ils se
courbaient à ces affreux dépeçages,
qui leur répugnent, mais où les invite
la définition qu'ils ont admise du devoir?
De leurs mains tachées de sang, ce sont
les plus nobles joyaux de leur âme
qu'ils apportaient à cette jeune reine
cruelle et curieuse, la Science! Ah! ce
n'est point de Celle qui légalise et honore
ces oppressions que nous pourrons recevoir les titres de la société de l'avenir.

— C'est enfin préciser votre cons-
tante objection, répondit Claire. Vous
pensez que les lois, encore qu'elles

n'aient d'autre objet que de nous contraindre à bien agir, mettent dans l'univers plus de chagrins que ne ferait la
licence. Et vous donnez au mot loi un
sens plus général que celui de code et
de système social ; vous entendez par là
tout principe imposé par le moi général
au moi particulier. Décidément, vous y
répugnez. Vous voulez que chacun
apprenne de soi-même sa direction.
Cette opinion qui vous inclinait vers
Fourier, je l'ai vue croître en vous peu à
peu. Et quand vous êtes arrivé à vous
convaincre qu'un sentiment généreux
ne pouvait avoir tort contre une loi
écrite, je ne vous ai pas contredit.
(C'est d'une voix basse à cause de
Marina, et avec une légère émotion, que
Claire fit cette allusion à un cas récent.)
Toutefois, continua-t-elle, voici mon

objection : Si la loi, étant donnée l'in-
finie variété des cas, est rarement satis-
faisante pour une espèce, n'établit-elle
pas dans l'ensemble un minimum
d'abus? Mal évident au jour le jour,
le bénéfice d'un règlement me paraît
incontestable au bout de l'année. Oui,
ces jeunes gens livrés à leur seul sentiment n'eussent pas fait pleurer Velu ;
ils lui disaient « pauvre toutou » avec un
sincère apitoiement, et voilà une circonstance où il est fâcheux qu'ils sou-
mettent leur moi particulier au moi
général et sacrifient un être au bénéfice
de l'espèce ; mais enfin notre Velu et
tous les Velus, qui jamais ne règlent
leur appétit personnel sur une décision
générale, ne s'offensent-ils pas dans
l'ensemble d'une façon intolérable?

— Soit, c'est poser fort bien l'éter-

nelle question, le classique débat entre
l'instinct et les codes, entre la loi naturelle et le contrat social. Avec Voltaire
vous vous refusez à brouter l'herbe
et de plus vous doutez que les homme
retombés sur leurs quatre pattes s'en
tiennent à brouter. Dans cette posture
vous les imaginez moins végétariens
qu'anthropophages. Ah! mon cher ba-
chelier, fermez les livres et sachez voir
nos contemporains : vous, moi et les
autres, en dépouillant le respect des
lois écrites, en avons-nous perdu le
bénéfice? Ne sentez-vous pas que notre
instinct a profité du long apprentissage
de notre race parmi les codes et les
religions? C'était apprendre à décom-
poser les mouvements : nageons maintenant en pleine nature. Voilà le joint
précieux. Les lois ont été nécessaires :

au commencement qu'ils étaient bipèdes,
nos aïeux en usèrent comme béquilles.
Elles les soutinrent jusqu'au point où
nous sommes. Rejetons cet appareil
désormais superflu et gênant. Les
dogmes et les codes nous ont mis dans
le sang la pitié et la justice. Aujourd'hui
que nous nous en sommes assimilé la
meilleure part, ils ne font plus que nous
embarrasser de leurs formules. C'est la
pulpe d'aliments assimilés. Expulsons
ces détritus, et suivons, avec la spontanéité de l'indigent Velu, les mouvements de notre sang enrichi.

La jeune femme prit la main d'André
et l'approcha de ses lèvres, car, dans
son goût passionné de la logique, livres-
que jusque dans l'héroïsme, elle estimait rien le précédent qu'elle avait créé
par élan cordial auprès d'un principe

16

qui lui fournissait un critère pour reviser
ses notions morales.

— Ainsi, dit-elle, réaliser une sensibilité qui corresponde à notre compréhension, mais non pas édifier un
système nouveau, telle serait la solution !

Ils s'enfoncèrent dans un long silence,
troublé seulement par les bouillonne-
ments de l'onguent que Marina prépa-
rait au Velu sur un petit réchaud.

C'est Marina qui reprit la parole :

— Donner de la viande et du sucre
à Velu, disait-elle, c'est nécessaire pour
le remonter, mais, en dépit du lait et de
la fleur de soufre, ne va-t-il pas s'échauffer? Je crains qu'il n'attrape la rogne?
Il lui faudrait des herbes.

— Partons pour la campagne, s'écria
André, qui rapportait tout à sa belle

manie. Assez des grandes villes et de leurs complications. Nul ne sait y découvrir son herbe. Bannissons-nous. Nions les principes les plus sacrés! Cette apparente impiété n'a pas d'inconvénient. Ce qui était vivant en eux a enrichi le beau trésor de notre sang et ne saurait en être expulsé ; mais nous nous débarrasserons de leur part inassimilable, de cet énorme amas de fictions désormais sans sucs, préjugés dont nous sommes ralentis, qui entravent notre vue et déterminent des fautes fictives, en même temps qu'ils légalisent de vrais crimes.

C'est alors qu'ils arrêtèrent le projet autour duquel ils tâtonnaient depuis si longtemps, depuis le temps qu'ils avaient commencé de repousser les

constructions des réformateurs pour ne
garder que la partie critique.

« Le problème, disaient-ils, est d'organiser une génération vraiment libre
où nul moi particulier ne soit asservi,
pas même au moi général. Spontanément, elle ne produira que des actes
excellents. Au degré de civilisation où
nous ont amenés les codes et les dogmes
contre qui aujourd'hui nous nous dé-
formons à lutter et ruser, le moi libéré
de nos fils est susceptible de se déve-
lopper sans blesser aucun moi. Or, la
date où recevront une heureuse solution tous les problèmes moraux et les
économiques, qui en dépendent, n'est-
elle pas précisément cet instant-là où
le bonheur des autres apparaîtra à
chacun comme une condition de son
propre bonheur? »

Ceux qui parlent ainsi dans cette
chambre d'hôtel le peuvent oser sans
que nul les traite de chimériques, car
nous les vîmes atteindre ce tournant où
l'homme, enfin, souffre de nuire et
fait le bien par besoin, comme le voluptueux va à sa volupté. Le bonheur de
Claire guérissant chez une rivale des
douleurs qu'avec une sensibilité moins
poussée elle eût savourées, l'angoisse
d'André en qui retentissait chaque
souffrance de Marina, l'ardeur même
de celle-ci à soigner Velu révèlent leur
instinct plus bienfaisant que les lois
qu'il contredit. Et pour Velu lui-même,
s'il lui reste de longs apprentissages
avant qu'il conquière le droit de se
soustraire aux règlements, cependant
telle est la vertu du milieu où il vit
qu'il y devient inoffensif . En l'étouffant

de baisers et en prévenant ses besoins,
mieux que par des entraves, on l'em-
pêche de nuire.

Ils décidèrent de s'installer tous les
quatre à la campagne, où ils groupe-
raient autour de Velu beaucoup de
bêtes et puis des tas de petits enfants.

— Ah! dit Marina, en s'interrom-
pant de baiser l'animal, il y aura des
enfants! Je les aime moins que les
chiens, mais je comprends, notre ami
serait trop malheureux s'il n'avait personne devant qui parler.

— Non, répondit gravement André,
ce n'est pas moi qui les enseignerai,
c'est Velu II.

Déclaration essentielle! Nul ne doit
être un maître, sinon celui qui ne parle
pas. Mais le parleur, je veux dire celui

qui a des opinions, qu'il se garde bien
d'enseigner et s'en tienne à renseigner
qui l'interroge.

Elle est excellente, en effet, l'éducation que donne un chien! Dans telles
galeries, au musée de Nuremberg ou au
Pitti de Florence, par exemple, où se
trouvent d'importantes iconographies
princières, souvent je me consolai de ce
qu'a de pénible un enfant déjà affublé
de brocarts et de titres si lourds, en lui
voyant tenir délicatement un chien par
l'oreille. Quand autour de lui tout est
combiné, de goût peu sûr, ce jeune
seigneur tient là dans sa main une
parcelle de vraie vie. Nos collégiens
surchargés d'acquisitions intellectuelles
qui demeurent en eux des notions, non
des façons de sentir, alourdis d'opinions
qui ne sont pas dans le sens de leur

propre fonds, réapprendraient du chien
la belle aisance, le don d'écouter l'instinct de leur moi. Faire des actes spon-
tanés, suivre sans lutte son âme perfectionnée par tant de siècles d'éducation morale, user enfin de ces beaux
trésors amassés, ah! c'est la méthode
de la vie bienheureuse. Rien que Velu
nous le fit voir quand il courut chez
Marina.

Toute bête, c'est près de nous, dans
une outre agréable à voir, un peu de
vie pure de mélange pédant.

— Ce que je puis vous dire, continua
Marina, et qui me paraît conforme à vos
projets, c'est qu'il y a des sortes d'an-
goisses mi-physiques, mi-morales, que
guérissent très bien les bêtes. Lorsque
j'étais jeune fille, mon médecin me conseilla de mettre un chien dans mon lit

et sa chaleur m'apportait le sommeil et chassait les cauchemars.

— Apaiser nos nerfs et nous rendre confiance dans notre spontanéité, voilà bien, dit André en se tournant vers Claire, tout le rôle des chiens que nous mêlerons à des enfants dans un heureux refuge.

Or, s'étant retirés dans leurs chambres, après s'être embrassés les uns les autres, Claire, Marina et André, avec l'accent d'une prière, récapitulaient mentalement chacun leur situation.

— Adieu les lois, adieu les codes, disait Claire, je pars avec un cœur droit, avec un cœur pur. Allons écouter ensemble dans la beauté de la nature.

— Claire est une bonne personne, pensait Marina. Toute ma vie me sera

heureuse maintenant que je ne doute
plus de l'affection d'André. Dans son
atmosphère, ma méchanceté dont je
souffrais tant se dissipera. Ce qui m'entêtait, c'est qu'on prétendait toujours
me commander ou me faire honte de ma
nature. A la campagne, en outre, chaque
matin je monterai à cheval suivie des
chiens, ce qui toujours me donne de la
gaieté.

André songeait :

— Une foi nouvelle, un système, des
affirmations ! cri éternel de ces pauvres
enfants. Ils s'inquiètent de leurs repas
du soir, avant qu'ils aient digéré celui
du matin. Quelle précipitation ! Avant
de renverser la table, convoquons à
s'y asseoir tant de retardataires. Com-
munions tous sous les espèces de la
critique moderne. Le bon maître de

maison n'a pas rempli toute sa tâche quand il a organisé un festin, il veille aussi que les mets présentés à tous les convives développent en eux des sentiments de fraternité et de joie. Certes, je les admire, les héroïques chasseurs d'idées et les patients laborieux qui nous composèrent ce menu. Mais, imitateurs serviles plutôt que continuateurs de leurs efforts, entasserons-nous toujours sans jamais profiter ! Le vigneron qui planta les raisins fut un bon homme, mais celui qui, buvant le vin avec des compagnons, dont à chaque verre il se sent plus le frère, transforme en sensibilité les paniers du vendangeur, fait une tâche sans quoi les efforts du premier n'auraient pas eu de sens. Donnons un sens aux travaux de nos pères, faisons des mœurs avec leurs

philosophies accumulées. Conformons-
nous à l'image que nous suggèrent de
la beauté toutes les vieilles notions
morales mises sous le pressoir.

Ils s'endormirent et se rejoignirent
dans leur rêve : c'était en un verger
entouré de hautes futaies et ils processionnaient au soleil levant parmi des
enfants et des bêtes, sous la direction de
Velu II, leur moniteur. Tous ne s'occu-
paient que de brûler leurs humeurs
matinales au grand air. Expulser l'inutile, s'en tenir à l'essentiel, voilà le
secret total.

Chenil, écurie, poulailler, vivier,
autour d'une paisible maison, c'était
une copie du laboratoire du Muséum,
mais aussi sa réhabilitation. Ici, le
problème n'est pas de détruire d'humbles
êtres pour la joie ou le bénéfice matériel

d'augmenter la scmme des notions ! Ici, dans une atmosphère épurée de toutes les idées mortes, se forment de jeunes individus qui, à ne respirer rien que de vivant, épanouiront cette sensibilité nouvelle que nécessite le nouvel aspect du monde. Oui, dans ce plein air, c'est un laboratoire de sensibilité.

Et sur ce beau terrain où ils mènent une vie infiniment perfectionnée, mais aussi spontanée que la croissance des beaux arbres qui l'ombragent, en place de l'odeur des féroces qui attristait l'ermitage où Velu II fut crucifié, est répandu le parfum des fleurs. Les fleurs que Claire, Marina et André préfèrent sont un peu lourdes sur des tiges délicates, faisant ainsi plus molle la volupté de les regarder. C'est cette courbe de la beauté et ce parfum contagieux que

leurs sèches idéologies ont conquis, elles
aussi, dans l'atmosphère où nous les
avons vues agir ; quelques larmes les
entr'ouvrirent et en firent jaillir la vie.
Il n'eût servi de rien à Claire et à André
d'avoir de bons cerveaux s'ils n'eussent
éprouvé des chagrins.

Autour de ces parterres fleuris, de
légères barrières ont été opposées au
bataillon volant des Velus. Et voilà les
seules lois qu'il y ait dans cette société
aux portes ouvertes, où nul ne demeure
s'il n'y trouve son plaisir, ce sont des
garde-fous. Velu II ne se fait pas une
représentation suffisante des autres moi ;
il lui faudra de longs siècles d'esclavage, puis de soumission aux religions
et aux codes, avant qu'il atteigne à
l'état de ses grands amis, Marina, Claire
et André. Pour ceux-ci, les autres moi

existent au même degré que le leur, en sorte que les conditions du bonheur des autres se confondent avec les conditions du leur propre. Ils ne cassent pas les fleurs qu'ils aiment à respirer ; qu'elles souffrissent, cela diminuerait leur plaisir ; leur sensibilité affinée supprime toute immoralité.

NOTE

SUR LE MOT *GŒTHIEN* DE LA PAGE 17

Comme cet ouvrage paraissait en feuilleton dans *l'Echo de Paris*, Paul Bourget fut choqué dans son sentiment *gœthien* par ce qualificatif donné à André. Et un jour que nous en avions discuté sans que je fusse convaincu, il m'adressa le billet suivant que je publie pour que le lecteur en décide et parce que la formule de Gœthe est vraiment superbe d'allure et de profondeur.

4 octobre 1892.

Voici, mon cher ami, le mot très significatif qui m'a fait vous dire que l'épithète de

gœthien appliquée à André Maltère ne me
semblait pas exacte. Il se trouve à la page 221
du troisième volume de *Gœthe, ses mémoires
et sa vie*, traduction d'Henri Richelôt (Hetzel)
et dans le journal tenu par le poète du siège
de Mayence (1793).

« La garnison évacuait la ville au milieu
d'un peuple frémissant. Dans ce moment,
dit Gœthe, a passé un cortège qui certainement aurait voulu être bien loin. Un homme
de haute taille, dont le costume n'annonçait
pas un militaire, s'avançait à cheval ; à
côté de lui, à cheval également, se trouvait
une élégante et très belle personne en vête-
ments d'homme. Derrière eux venaient
quelques voitures à quatre chevaux chargées
de caisses et de coffres. Ce fut d'abord un
silence effrayant, puis tout à coup on a
murmuré dans le peuple et l'on entendit :
« Arrêtez-le ! tuez-le ! c'est ce coquin d'archi-
tecte qui le premier a pillé le doyenné de la
cathédrale et qui voulait y voir le feu. »
Il suffisait de quelques hommes résolus et la
chose était faite.

Je vous passe le récit détaillé du discours
que Gœthe a fait à cette foule et de son courage. Il se précipite hors de la maison, dis-
perse les furieux au risque de se faire lui-
même déchirer, et, revenu auprès de son ami,
il répond à ce dernier qui lui demandait :
« Comment êtes-vous allé exposer votre vie
pour un inconnu et certainement un criminel?
— *Cela est dans ma nature. J'aime mieux commettre une injustice que supporter un désordre.* »

C'est en me souvenant de cette formule
que je vous ai contesté l'adjectif appliqué
même en passant à la tournure d'esprit de
votre socialiste, avec qui le maître de Weimar
eût peu sympathisé.

. . . .

« Paul Bourget ».

En réalité, quand Paul Bourget con-
teste à André Maltère la qualité de
gœthien, il contredit le fond même de
cet ouvrage. Ce qui lui répugne, c'est
moins encore l'idée d'une transforma-

tion sociale que de la voir sortir du
bouillonnement des masses irréfléchies.
Il tient pour du désordre l'action
d'hommes qui ne possèdent une vue
nette ni de ce qu'ils détruisent ni de ce
qu'ils édifient. L'obscure méthode selon
laquelle ils poursuivent leur réforme
contredit trop vivement ses habitudes
d'analyste. Et cependant plus j'y réflé-
chis, plus je me convaincs qu'André
est d'accord avec Gœthe en s'intéressant à des idées qui peuvent déplaire,
mais dont on ne saurait nier qu'elles
sont une végétation chaque année plus
vigoureuse. Le « maître de Weimar »
sentait vivement l'impossibilité de calculer les conséquences d'un acte et de
connaître s'il entraînera plus de bonheur
ou de malheur : il acceptait la vie et
même, ce qui est le trait essentiel,

sympathisait partout où il distinguait
une force qui s'épanouira. C'est dans cet
esprit, familier à tous ceux qui appliquent
à l'observation des hommes la méthode
des sciences naturelles, qu'André peut,
lui aussi, reprendre la formule de Gœthe :
« J'aime mieux commettre une injustice
que supporter un désordre. » C'est-à-
dire : j'aime mieux léser peut-être des
droits acquis que me poser en travers
du développement normal de la société.
Et précisément dans ce temps de la
Campagne de France, Gœthe ayant
constaté la façon dont les idées nouvelles
transformaient la sensibilité de la
France révolutionnaire, n'eut-il pas, au
soir de Valmy, tel mot de sympathie et
qui prophétisait une ère nouvelle? C'est
exactement l'attitude intellectuelle d'André Maltère aux premiers chapitres.

TABLE DES MATIÈRES

PARIS. — TYPOGRAPHIE PLON, 8, RUE GARANCIÈRE. — 34844.